ÜBER DIE DICHTKUNST

ARISTOTELES

KAPITEL I

1. "Wir wollen reden über die Dichtkunst, sowohl an (1447a) sich, wie über ihre Arten, deren Wesen im einzelnen und wie die dichterischen Stoffe gestaltet werden müssen, wenn anders die Dichtung kunstvoll sein soll? ferner über Zahl und Beschaffenheit der Teile eines Dichtwerks und desgleichen, was sonst noch in dasselbe Untersuchungsgebiet fallen mag. Und zwar gehen wir, wie dies naturgemäß, von dem ersten zuerst aus.

2. Das Epos also und die Dichtung der Tragödie, ferner die Komödie, die dithyrambische Poesie und der größte Teil der Auletik und Kitharistik, sie alle sind in ihrer Gesamtheit *nachahmende Darstellungen* (Mimesis).

3. Es besteht aber unter ihnen ein dreifacher Unterschied, nämlich in bezug auf die verschiedenen *Mittel*, die verschiedenen *Gegenstände* und die verschiedene *Art* der Darstellung und zwar nicht in gleicher Weise.

4. Wie nämlich manche sowohl mit Farben als auch mit Figuren, sei es auf Grund künstlerischer Begabung, sei es infolge einer durch Übung erlangten Geschicklichkeit andere dagegen mit der Stimme vieles nachbildend nachahmen, so wird auch in den erwähnten Künsten insgesamt die Nachahmung vermittelst des *Rhythmus*, der *Rede* und der *Harmonie* bewerkstelligt und zwar gesondert oder miteinander vermischt *Harmonie und Rhythmus allein* wenden beispielsweise die Auletik und Kitharistik an und was es sonst noch an Künsten derselben Art geben mag, wie z.B. die Kunst der Syrinx (Hirtenpfeife); allein mit *Rhythmus ohne Harmonie*, die Kunst der Tänzer, denn diese ahmen mittelst rhythmischer Körperbewegungen Charaktereigenschaften, Gemütsstimmungen und Handlungen nach.

5. *Die Kunstform aber, die sich bloß der Rede bedient*, sei es der ungebundenen, sei es der metrischen und, falls der letzteren, entweder mehrere Versmaße miteinander verbindet oder nur *eine* Versgattung (1447b) anwendet, *hat bis jetzt keinen Namen*. Denn wir wüßten keine gemeinsame Bezeichnung anzugeben für die Mimen eines *Sophron* und *Xenarchos* und die *Sokratischen Gespräche* einerseits, noch andrerseits für eine nachahmende Darstellung in (jambischen) Trimetern oder im elegischen Distichon oder in irgend welchen anderen Versmaßen dieser Art. Allerdings knüpft man gewöhnlich an die betreffende Versbezeichnung das Wort "dichten" und nennt so die einen Elegiendichter, andere epische Dichter, indem man sie nicht auf Grund der nachahmenden Darstellung zu Dichtern stempelt, sondern des gemeinsamen Metrums wegen. Ja, man pflegt sogar denjenigen so zu nennen, der irgend etwas aus der Medizin oder der Naturwissenschaft in Versen darstellt und doch haben *Homer* und *Empedokles* nichts miteinander gemein als das Metrum, so daß man zwar jenen mit Eecht einen Dichter nennt, diesen aber vielmehr als einen Naturforscher bezeichnen sollte. In ähnlicher Weise käme auch dem der Dichtername zu, der in seiner nachahmenden Darstellung allerlei Versmaße verwendet, wie dies *Chairemon* in seinem Epyllion "Der Kentaur", in dem die verschiedenartigsten Versmaße vorkommen getan hat. So mag also das Urteil über diese Dinge lauten.

6. Nun gibt es *einige Künste, die sich aller genannten Darstellungsmittel bedienen*, ich meine nämlich des Rhythmus, der gesungenen Rede und des Metrums, wie z.B. die *Dithyramben-und Nomendichtung*, die *Tragödie* sowohl wie die *Komödie*. Sie unterscheiden sich aber wiederum darin, daß die beiden ersteren diese Mittel durchgängig diese aber nur an bestimmten Teilen anwenden. Dies sind also die Unterschiede der Künste nach ihren Darstellungsmitteln.

KAPITEL II

1. Da nun die Nachahmenden *Handelnde nachahmen* (1448a) so folgt daraus mit Notwendigkeit, daß diese entweder tugend- oder lasterhaft sind, denn allein auf diese Gegensätze laufen doch wohl stets unsere sittlichen Eigenschaften hinaus, indem sich alle in bezug auf ihren Charakter durch Laster und Tugend unterscheiden

2. Dementsprechend ahmen die Dichter Handelnde nach, die entweder besser als wir Durchschnittsmenschen sind oder schlechter oder auch diesen ähnlich Dasselbe finden wir bei den Malern, denn *Polygnot* pflegte bessere, *Pauson* schlechtere und *Dionysios* der Wirklichkeit entsprechende Menschen nachzubilden.

3. Fernerhin ist es klar, daß auch eine jede der erwähnten nachahmenden Darstellungen eben diese Unterschiede aufweisen wird, insofern aber eine verschiedene sein wird, als sie verschiedene *Objekte* nachahmt. Denn auch beim Tanze, dem Spiel der Flöte und Guitarre können diese Unähnlichkeiten auftreten und nicht minder in der prosaischen und rein metrischen Darstellung So hat z.B. *Homer* bessere Charaktere, *Klēophon* uns ähnliche, *Hegēmon* der Thasier aber, der erste Parodiendichter und *Nikochares*, der Verfasser der "Deliade", schlechtere nachgeahmt. In ähnlicher Weise können bei den Dithyramben und Nomen diese Verschiedenheiten eintreten. Man könnte nämlich nachahmend darstellen, wie *Argas* ... oder wie *Timotheos* und *Philoxenos* den Kyklopen dargestellt haben. Und eben darin besteht auch ein Unterschied zwischen der Tragödie und Komödie, denn diese will schlechtere Charaktere nachahmend darstellen, jene dagegen bessere als sie heutzutage sind.

KAPITEL III

1. Zu den (im obigen behandelten) Darstellungsunterschieden gesellt sich nun als *dritter, die Art und Weise*, in der man die einzelnen Gegenstände nachahmen könnte. Man kann nämlich mit denselben Darstellungsmitteln dieselben Gegenstände darstellen, dabei aber einerseits *erzählen*—und zwar entweder, wie *Homer* dies tut, in der Person eines anderen oder aber in eigner Person ohne sich zu ändern—andrerseits so, daß man alle nachahmend dargestellten Personen als *handelnd* und in Tätigkeit vorführt. Diese drei also sind die Unterschiede, in denen sich die nachahmende Darstellung, wie wir zu Anfang bemerkt haben, vollzieht, nämlich in den Mitteln, den Gegenständen und der Art und Weise.

2. Darnach wäre also nach der einen Seite *Sophokles* derselbe nachahmende Darsteller wie *Homer*, denn beide ahmen edle Personen nach, in anderer Hinsicht aber stünde er auf derselben Stufe wie *Aristophanes* da beide handelnde und dramatisch tätige Personen nachahmen.

3. Daher behaupten auch einige, daß diese Werke "Dramen" genannt werden, weil sie handelnde Personen (*drõntas*) nachahmen.

4. Deshalb machen auch die *Dorier* Anspruch auf die Tragödie und Komödie. Die Komödie wollen die *Megarer* erfunden haben, sowohl die hier im Mutterlande und zwar zur Zeit als bei ihnen die Demokratie aufkam, als auch die von Sizilien, denn von dort stamme *Epicharmos*, der bei weitem älter gewesen sei als *Chionides* und *Magnes*. Auch führen sie die Namen als Beweis ins Feld. Bei ihnen nämlich, sagen sie, würden umherliegende Ortschaften "*kõmai*" (Dörfer), bei den Athenern aber "*dēmoi*" genannt und sie fügen hinzu, daß "Komödiant" nicht etwa von "*kõmázein*" (umherschwärmen) abgeleitet sei, sondern von deren Wanderung durch die *kõmai*, weil sie in der Stadt in (1448b) keiner Achtung standen. [Ferner behaupten sie, daß sie selbst für "handeln" "*drãn*" gebrauchen, die Athener aber "*práttein*"]. Auf die Erfindung der Tragödie erheben einige im Peloponnes Anspruch ‹....› Über die Unterschiede einer nachahmenden Darstellung, deren Zahl und Art, möge also dies gesagt sein.

KAPITEL IV

1. Im allgemeinen scheinen es etwa *zwei und zwar in der menschlichen Natur begründete Ursachen gewesen zu sein, die die Dichtkunst hervorgebracht haben*. Denn das *Nachahmen* ist dem Menschen von Kindheit an eingepflanzt, unterscheidet er sich doch dadurch von allen anderen lebenden Wesen, daß er das am eifrigsten der Nachahmung beflissene Wesen ist, und daß er seine ersten Kenntnisse vermittelst der Nachahmung sich erwirbt. Auch die Freude aller an nachahmenden Darstellungen ist für ihn charakteristisch. Ein Beweis dafür ist, was uns bei Kunstwerken tatsächlich begegnet. Denn von denselben Gegenständen, die wir mit Unlust betrachten, sehen. wir besonders sorgfältig angefertigte Abbildungen mit "Wohlgefallen an, wie z.B. die Formen von ganz widerwärtigen Tieren und selbst von Leichnamen Der Grund dafür ist, daß das Lernen nicht nur für Philosophen ein Hochgenuß ist, sondern ebenso für alle anderen, wenn auch diese nur auf kurze Zeit an dieser Freude teilnehmen.

2. Man betrachtet aber Bilder deshalb mit Vergnügen, weil bei ihrem Anblick ein Lernen, d.h. ein Schluß sich ergibt, was ein jegliches Bild vorstellt, nämlich daß dieser so und so sei. Hat man aber zufällig den betreffenden Gegenstand nicht früher schon gesehen so ist es nicht die nachahmende Darstellung als solche, die unsere Lustempfindung erregt, sondern es geschieht dies wegen der technischen Ausführung oder wegen des Kolorits oder aus irgend einem anderen ähnlichen Grunde.

3. Da uns nun der Nachahmungstrieb von Natur eigen ist und dasselbe gilt von dem *Gefühl für Harmonie und Rhythmus*—denn daß das Metrum nur ein Teil des Rhythmus ist, leuchtet ein—so haben die Menschen, da sie von Haus aus dafür begabt waren und diese Eigenschaften allmählich besonders vervollkommneten, aus *Stegreifversuchen* die Dichtkunst ins Leben gerufen.

4. *Es spaltete sich aber die Dichtung nach der den Dichtern eigentümlichen Sinnesart*, denn die edler veranlagten ahmten sittlich gute Taten und Handlungen solcher Personen nach, die von niedriger Gesinnung aber die Handlungen schlechter Menschen, indem sie zuerst Spottlieder dichteten, wie die anderen Hymnen und Loblieder. Von den vorhomerischen Dichtern können wir freilich kein derartiges Spottgedicht namhaft machen, aber es ist wahrscheinlich daß es viele Dichter dieser Art gegeben hat. Beginnend mit *Homer* aber, haben wir gleich seinen *Margites* und ähnliches.

5. In diesen Gedichten stellte sich auch das *passende Versmaß* ein, deshalb wird es auch jetzt das jambische genannt, weil man in diesem Versmaß sich gegenseitig zu verspotten pflegte (iámbizon). Von den alten Dichtern wurden dementsprechend die einen Jambendichter, andere dagegen Ependichter.

6. Wie nun auch in bezug auf das sittlich Gute *Homer* ein wirklicher Dichter war—hat er doch allein nicht nur vortrefflich gedichtet, sondern auch dramatische Handlungen dargestellt—, so hat er auch als Erster die Grundformen der Komödie angedeutet, indem er nicht ein Spottlied verfaßte, sondern das Lächerliche dramatisierte. Ist doch der*Margites* dem Drama ganz analog, denn wie sich die *Ilias* und (1449a) *Odyssee* zur Tragödie, so verhält sich jener zur Komödie.

7. Als nun aber die Tragödie und die Komödie aufgekommen waren, da verfaßten die Dichter, je nachdem sie sich zu der einen oder der anderen Dichtungsart hingezogen fühlten, ihrem eigentümlichen Naturell entsprechend Komödien statt Spottgedichte und Tragödien an Stelle von Epen, weil diese Dichtungsfonnen bedeutungsvoller und höher geschätzt waren als jene (älteren).

8. Die Untersuchung, ob die Tragödie bereits hinreichend entwickelt ist oder nicht, sowohl an sich betrachtet als auch in Hinsicht auf die öffentliche Aufführung ist eine Frage für sich. Jedenfalls ist sie selbst, wie auch die Komödie, ursprünglich *von Stegreifversuchen ausgegangen* und zwar jene von dem Chor, der den *Dithyrambus* anstimmte, diese von den *phallischen Liedern*, die sich ja bis auf den heutigen Tag noch in vielen Städten im Gebrauch erhalten haben.

9. So ist denn die Tragödie allmählich herangereift, indem man jede ans Licht tretende Entwicklungsstufe vervollkommnete. Nachdem sie dann viele Wandlungen durchgemacht hatte, blieb sie stehen, da sie die ihrem Wesen entsprechende Gestalt erhalten hatte. Die Zahl der Schauspieler hat *Aischylos* von einem auf zwei gebracht, auch hat er den Anteil des Chors verringert und dementsprechend dem Dialog die Hauptrolle zugewiesen. Den dritten Schauspieler und gemalte Szenerie hat *Sophokles* eingeführt. (Eine weitere Entwicklungsstufe) war die aus Fabeln geringen Umfangs entstandene Größe ‹....› *Der sprachliche Ausdruck*, der aus einem burlesken Stil hervorging da er sich aus dem Satyrspiel entwickelte, erlangte erst spät einen würdigen Charakter und der (jambische) Trimeter trat an die Stelle des (trochäischen) Tetrameters. Ursprünglich gebrauchte man nämlich, da die Dichtung satyrhafter und tanzartiger war, den (trochäischen) Tetrameter. Als aber der (tragische) Stil sich gebildet hatte, fand die Natur selbst das für diesen*passende Metrum*, denn von allen Versmaßen eignet sich das jambische am meisten für den Gesprächston. Beweis dafür ist, daß wir sehr häufig in unserer Unterhaltung miteinander in jambischen (Trimetern) reden, nur selten aber in Hexametern und auch dann nur, wenn wir über den gewöhnlichen Gesprächston hinausgehen. Ferner ist auch die Zahl der Akte (Episoden) zu erwähnen. Alles übrige aber, wie ein jedes ausgerüstet worden sein soll, lasse man als gesagt gelten, denn es wäre doch wohl recht mühsam, wollte man das Einzelne eingehend besprechen.

KAPITEL V

1. Die Komödie ist, wie wir sagten, die nachahmende Darstellung von niedrigeren Charakteren, jedoch keineswegs im vollen Umfang des Schlechten, sondern des Unschönen, von dem das Lächerliche ein Teil ist. Denn das *Lächerliche* ist sowohl eine Art Vergehen als auch eine Entstellung, die keinen Schmerz verursacht und schadlos ist, wie denn gleich die komische Maske etwas Häßliches und Verzerrtes ist, aber nichts Schmerzhaftes an sich hat.

2. Die *Veränderungen der Tragödie und deren Urheber* sind nicht verborgen geblieben, die der *Komödie* aber, da sie ursprünglich nicht ernsthaft betrieben wurde, gerieten in Vergessenheit, denn (verhältnismäßig erst spät bewilligte der Archon den Komödiendichtern einen Chor, der (früher) nur aus (1449b) Freiwilligen bestand. Erst als die Komödie ihrerseits gewisse Kunstformen hatte, werden ihre uns überlieferten Dichter genannt. Wer aber die Masken oder den Prolog eingeführt oder die Zahl der Schauspieler vermehrt hat und was dergleichen mehr ist, ist unbekannt. Die Kunst zusammenhängende Handlungen zu dichten stammt aus Sizilien..., von den Dichtern Athens aber begann *Krates* als erster, indem er die Form des persönlichen Spottes aufgab, allgemeine Stoffe, d.h. Handlungen zu dramatisieren.

3. Das Epos hält mit der Tragödie nur bis auf die in metrischer Rede (?) nachahmende Darstellung ernsthafter Stoffe gleichen Schritt, unterscheidet sich aber von ihr darin, daß es ein und dasselbe Versmaß und die Form der Erzählung anwendet. Ferner in bezug auf den Umfang der Handlung. Während nämlich die *Tragödie sich besonders bemüht innerhalb eines Sonnenumlaufs zu bleiben* oder doch nur um ein weniges darüber hinauszugehen, ist die epische Handlung in der Zeit unbegrenzt. Also auch darin besteht zwischen ihnen ein Unterschied. Indessen machte man es ursprünglich darin mit den Tragödien ebenso wie mit den epischen Dichtungen.

4. Was nun ihre *Teile* anbelangt, so sind diese entweder die nämlichen oder sie sind nur der Tragödie eigentümlich. Wer also über eine Tragödie, ob sie gut oder schlecht ist, ein Urteil hat, hat es auch über das Epos. Denn was die epische Dichtung enthält, besitzt auch die Tragödie, was aber diese hat, besitzt nicht alles die epische Dichtung.

KAPITEL VI

1. Über die in Hexametern nachahmende Darstellung wie über die Komödie werden wir später handeln, jetzt wollen wir über die Tragödie reden, indem wir die *Definition* ihres Wesens dem bereits Gesagten entnehmen.

2. Die *Tragödie* ist demnach die nachahmende Darstellung einer sittlich ernsten, in sich abgeschlossenen, umfangreichen Handlung, in kunstvoll gewürzter Rede, deren einzelne Arten gesondert in (verschiedenen) Teilen verwandt werden, von handelnden Personen aufgeführt, nicht erzählt, durch die Erregung von Mitleid und Furcht die Reinigung (*Katharsis*) von derartigen Gemütsstimmungen bewirkend. Unter "kunstvoll gewürzter Rede" verstehe ich eine solche, die Rhythmus wie Harmonie, d.h. Gesang enthält, und unter dem "gesondert in seinen (verschiedenen) Arten," daß einiges (rein metrisch, anderes dagegen musikalisch ausgeführt wird....

3. Da es nun handelnde Personen sind, die die nachahmende Darstellung vollziehen, so ergibt sich erstens mit Notwendigkeit, daß der Schmuck, der in der szenischen Ausstattung liegt, gewissermaßen ein Bestandteil der Tragödie ist, ferner die Gesangskomposition und der sprachliche Ausdruck, denn mit diesen Mitteln wird die nachahmende Darstellung erreicht. Unter sprachlichem Ausdruck verstehe ich hier die bloße Verbindung der Verse, unter Gesangskomposition aber das, was seinem Wesen nach allen offenkundig ist.

4. Da wir es nun mit der nachahmenden Darstellung einer *Handlung* zu tun haben, diese aber durch gewisse handelnde Personen erfolgt, die in Hinblick auf ihren Charakter und ihre Gedanken von einer bestimmten Beschaffenheit sein müssen, denn eben daraufhin legen wir ja den Handlungen eine gewisse Beschaffenheit (1450a) bei, so ergeben sich naturgemäß zwei Ursachen für eine Handlung, eben der Charakter und die Gedanken, denen gemäß alle ihr Ziel erreichen oder verfehlen.

5. Nun ist aber die nachahmende Darstellung einer Handlung die *Fabel*. Unter Fabel verstehe ich nämlich die Verknüpfung der Begebenheiten, unter *Charakter* aber, wonach wir den handelnden Personen eine bestimmte Beschaffenheit zuweisen, unter *Gedanken* endlich das, womit die Eedenden etwas beweisen oder einer allgemeinen Wahrheit Ausdruck verleihen.

6. Somit gibt es also *sechs Bestandteile* einer jeden Tragödie, nach welchen sie eine bestimmte Beschaffenheit hat. Es sind diese: die *Fabel, die Charaktere, der sprachliche Ausdruck, die Gedanken, die szenische Ausstattung und die musikalische Komposition.* Zwei von diesen Teilen gehören zu den Mitteln, eine zu der Art und Weise und drei zu den Gegenständen der nachahmenden Darstellung. Weitere gibt es nicht. Von diesen Formen hat man auch in der Regel Gebrauch gemacht, denn szenische Ausstattung hat ein jedes Drama, ebenso wie Charakterzeichnung, eine Fabel, sprachlichen Ausdruck, Gesang und Gedankeninhalt.

7. *Der bedeutsamste dieser Bestandteile ist aber die Verknüpfung der Begebenheiten,* denn die Tragödie ist eine nachahmende Darstellung nicht der Menschen, sondern ihrer Handlungen und des Lebens. Glück und Unglück beruhen auf Handlung und ihr Endzweck ist eine Art Tätigkeit, nicht eine Beschaffenheit. Dem Charakter nach sind wir so oder so beschaffen, unseren Handlungen nach aber glücklich oder das Gegenteil. Daher handeln die Nachahmenden nicht um die Charaktere nachahmend darzustellen, sondern der Handlung zu Liebe werden die Charaktere in ihre Darstellung mitaufgenommen. So sind die Handlungen, will sagen die Fabel, das Endziel der Tragödie, das Endziel ist aber von allen Dingen die Hauptsache.

8. Ferner, ohne Handlung könnte es keine Tragödie geben, ohne Charaktere aber wäre dies wohl möglich, weisen doch die Tragödien der meisten Neueren keine (individuelle) Charakterzeichnung auf und überhaupt gilt dies von vielen Dichtern. Ähnlich verhält sich unter den Malern *Zeuxis* zu *Polygnot*. Dieser ist ein vortrefflicher Charaktermaler, die Malerei des *Zeuxis* hingegen entbehrt der Charakterisierung.

9. Wiederum, sollte jemand charakterzeichnende Tiraden wohlgelungen im sprachlichen Ausdruck wie in den Gedanken hintereinander aufreihen, so würde er damit noch keineswegs die von uns der Tragödie zugewiesene Aufgabe erfüllen, um vieles eher würde dies eine Tragödie tun, die von jenen Dingen einen mangelhafteren Gebrauch macht, dagegen aber eine Fabel d.h. eine Verknüpfung der Begebenheiten aufweist.

10. Dazu kommt, daß gerade diejenigen Mittel, mit denen die Tragödie ihren Hauptreiz ausübt, ich meine die Peripetien (Schicksalswendungen) und Wiedererkennungen Bestandteile der Fabel sind.

11. Ein weiterer Beweis (für obige Behauptung) liegt darin, daß Anfänger in der Dichtkunst eher im sprachlichen Ausdruck und in der Zeichnung der Charaktere strengen Anforderungen der Kunst zu genügen imstande sind als die Begebenheiten gehörig zu verknüpfen und dasselbe trifft auf fast alle Dichter der ältesten Zeit zu. Grundlage und gleichsam die Seele der Tragödie ist also die Fabel.

12. An zweiter Stelle kommen die *Charaktere*. Eine Parallele bietet uns auch hier die Malerei. Wollte nämlich jemand eine Tafel mit den herrlichsten Farben (1450b) aufs geratewohl bestreichen, so würde er nicht ein gleiches Wohlgefallen hervorrufen, als wenn er nur eine (monochrome) Zeichnung grau in grau geben würde. Wir haben es eben mit der nachahmenden Darstellung einer Handlung zu tun und vermittelst dieser vorzugsweise einer solchen von handelnden Personen.

13. Die *dritte Stelle* nehmen die *Gedanken* ein. Ich verstehe darunter das Vermögen das von den Umständen Gebotene und Angemessene zu sagen, genau dasselbe, was in der Beredsamkeit die Aufgabe politischer Einsicht und rhetorischer Schulung ist. Die alten Dichter ließen nämlich ihre Personen nach ethisch-politischen Gesichtspunkten reden, bei den neueren aber treten sie als Redekünstler auf.

14. Die Charakterzeichnung ist derart, daß sie die Beschaffenheit der Willensrichtung offenbart und deshalb haben diejenigen Tragödien keine Charakterzeichnung in den Dialogpartien, in denen sich garnichts findet, was der Redende begehrt oder meidet? Gedanken sind aber das, womit man beweist, daß etwas ist oder nicht ist, oder was einen allgemeinen Satz ausspricht.

15. Der *vierte* der (literarischen) Bestandteile ist der *sprachliche Ausdruck*. Ich verstehe darunter, wie bereits früher bemerkt wurde, die Fähigkeit sich in Worten auszudrücken, was übrigens bei gebundener wie ungebundener Rede im wesentlichen auf dasselbe hinausläuft.

16. Was die noch übrigbleibenden Bestandteile anbelangt so ist die musikalische Komposition das wichtigste der Verschönerungsmittel, die szenische Ausstattung dagegen ist zwar reizvoll, liegt aber der Dichtkunst ganz fern und ist ihr am wenigsten angemessen. Die Wirkung der Tragödie wird nämlich auch ohne öffentliche Aufführung und ohne Schauspieler erreicht. Außerdem gehört die Herstellung der szenischen Ausstattung mehr der Kunst des Theatermeisters an als der der Dichter.

KAPITEL VII

1. Nach diesen Bestimmungen wollen wir zunächst darüber reden, *wie etwa die Verknüpfung der Begebenheiten beschaffen sein muß*, da dies in der Tragödie sowohl zuerst in Betracht kommt als auch das wichtigste ist. Es stand uns also fest, daß die Tragödie die nachahmende Darstellung einer in sich abgeschlossenen und ganzen Handlung ist, die eine bestimmte Größe hat, denn es gibt auch ein Ganzes, das keine (eigentliche) Größe hat. Ein *Ganzes* ist nämlich das, was *Anfang wie Mitte und Ende hat.* Anfang ist das, was selbst nicht notwendigerweise auf ein anderes folgt, nach dem aber naturgemäß etwas ist, Ende dagegen ist das, was selbst naturgemäß nach einem anderen ist, sei es notwendigerweise oder in der Regel, nach dem aber nichts folgt, Mitte endlich ist das, was auch selbst nach einem anderen und nach dem ein anderes folgt. Gutgebaute Fabeln müssen daher weder aufs geratewohl von irgend woher anfangen noch aufs geratewohl irgendwo enden, sondern sich nach den erwähnten Begriffsbestimmungen richten.

2. Ferner, das Schöne, sei es ein lebendes Wesen, sei es irgend ein Gegenstand, der aus bestimmten Teilen zusammengesetzt ist, bedarf dieser Teile nicht nur in wohlgegliederter Folge, sondern muß auch eine nicht dem Zufall unterworfene Größe haben, denn das *Schöne beruht auf Ordnung und Größe*. Deshalb könnte weder irgend ein winzig kleines Wesen schön sein, denn dessen Betrachtung, die sich hart an der Grenze eines unwahrnehmbaren Zeitpunkts vollzieht, würde verworren zusammenfließen, noch ein übermäßig großes, denn die Wahrnehmung könnte nicht auf einmal (1451a) zustande kommen, sondern das Eine und Ganze würde den Betrachtenden aus dem Gesichtsfeld entschwinden wie z.B. wenn das Geschöpf 10000 Stadien lang wäre. Wie daher bei körperlichen Gegenständen und bei lebenden Wesen (um schön zu sein) Größe vorhanden, diese aber leicht zu übersehen sein muß, so ist auch bei den Fabeln ein bestimmter Umfang erforderlich, der seinerseits leicht im Gedächtnis behalten werden kann.

3. Was nun aber diesen *Umfang* selbst anbelangt, so ist dessen Umgrenzung in Rücksicht auf die öffentliche Aufführung und das Wahrnehmungsvermögen (der Zuschauer) nicht Sache der Dichtkunst. Denn wenn man (d.i. die Schauspieler) hundert Tragödien aufzuführen hätte, so würde man sie nach der Wasseruhr (Klepsydra) aufführen, wie wir bei anderer Gelegenheit uns auszudrücken pflegen. Die aus der Natur der Sache selbst sich ergebende Umgrenzung ist aber diese: Stets wird die ausgedehntere Fabel, insofern sie übersichtlich ist, auch im Hinblick auf ihren Umfang die vorzüglichere sein. Um aber eine einfachere Bestimmung zu treffen, so ist es eine genügende Umgrenzung des Umfangs, wenn man (d.i. der Held) innerhalb der aufeinander folgenden Ereignisse nach Wahrscheinlichkeit oder Notwendigkeit einen Umschwung aus Unglück in Glück oder aus Glück in Unglück durchmacht.

KAPITEL VIII

1. Die Fabel ist aber nicht schon eine einheitliche, wie einige meinen, wenn sie sich um eine *einzelne Person* dreht, denn unendlich viele Dinge begegnen einer einzelnen Person, von denen manche gar keine *Einheit* darstellen und so gibt es auch viele Handlungen einer einzelnen Person, aus denen keine einzige einheitliche Handlung sich entwickelt.

2. Daher scheinen mir alle jene Dichter im Irrtum zu sein, die eine *Herakleis* und eine *Theseis* und ähnliche Werke gedichtet haben. Denn sie glauben, weil *Herakles* eine einzelne Person sei, komme auch der Fabel ein einheitlicher Charakter zu.

3. *Homer* dagegen, wie er ja auch in allem anderen hervorragt, scheint auch hier einen künstlerischen Blick gehabt zu haben, sei es infolge erworbener oder angeborener Tüchtigkeit. Denn bei der Abfassung seiner *Odyssee* hat er nicht alles, was *Odysseus* selbst widerfuhr, behandelt, wie z.B. die Verwundung auf dem Parnaß und den vorgeschützten Wahnsinn bei dem Aufgebot, da von diesen Begebnissen keins, falls das eine eintrat, auch das andere mit Notwendigkeit oder Wahrscheinlichkeit eintreten mußte. Er hat vielmehr die *Odyssee* um eine einheitliche Handlung, wie wir sie eben bestimmt haben, aufgebaut und desgleichen auch die *Ilias*.

4. Es muß daher, wie auch in den anderen nachahmenden Darstellungen die einzelne Nachahmung Darstellung eines einzelnen Gegenstandes ist, so auch die *Fabel, da sie die Nachahmung einer Handlung ist, Nachahmung einer einheitlichen und zwar einer vollständigen sein*. Und es müssen die Teile der Begebenheiten so zusammenhängen, daß, wenn auch nur einer dieser Teile versetzt oder weggenommen wird, das Ganze zerstört wird und auseinander fällt. Denn dasjenige, was ohne einen in die Augen springenden Eindruck zu machen, vorhanden oder nicht vorhanden sein kann, ist kein (wesentlicher) Teil des Ganzen mehr.

KAPITEL IX

1. Aus dem Gesagten erhellt, daß es nicht die Aufgabe des Dichters ist *das, was sich wirklich zugetragen zu erzählen, sondern das, was sich hätte zutragen können* und was nach Wahrscheinlichkeit oder Notwendigkeit möglich ist.

2. *Der Geschichtsschreiber* und der *Dichter* (1451b) unterscheiden sich nämlich nicht durch die gebundene oder ungebundene Rede, denn man könnte das Werk des *Herodot* in Verse setzen und es würde nach wie vor eine Art Geschichtsdarstellung sein, mit Versmaß oder ohne Verse. Der Unterschied ist vielmehr der, daß jener, was sich zugetragen darstellt, dieser, was sich hätte zutragen können.

3. Deshalb ist auch die *Poesie philosophischer und höher einzuschätzen als die Geschichtsschreibung denn die Poesie stellt mehr das Allgemeine, die Geschichtsschreibung das Einzelne dar.* Das Allgemeine besteht darin, daß dem so oder so Beschaffenen es zukommt, so oder so nach der Wahrscheinlichkeit oder Notwendigkeit zu reden oder zu handeln und darauf richtet die Dichtkunst bei der Namengebung ihr Augenmerk, das Einzelne ist aber, was ein *Alkibiades* getan oder erlitten hat.

4. Bei der Komödie ist nun dies bereits augenfällig geworden. Indem die Dichter nämlich ihren Stoff auf Grund wahrscheinlicher oder notwendiger Begebenheiten gestalteten, haben sie ihren Personen dementsprechend beliebige Namen beigegeben und nicht wie die Jambendichter sich mit einer historischen Persönlichkeit befaßt.

5. In der *Tragödie* dagegen *hält man sich an die überlieferten Namen*. Der Grund dafür ist, daß das Mögliche auch glaublich ist. Was sich aber noch nicht zugetragen hat, an dessen Möglichkeit glauben wir nicht ohne weiteres, dagegen ist offenbar das möglich was sich bereits zugetragen hat, denn es hätte sich ja gar nicht zutragen können, wenn es unmöglich gewesen wäre. Indessen verhält es sich in den Tragödien nicht anders, in einigen gehört nur der eine oder zwei zu den bekannten Namen, während die übrigen erdichtet sind, in anderen findet sich überhaupt kein einziger bekannter Name, wie in der Anthē des Agathon, in welchem Drama die Begebenheiten ebenso wie die Namen erfunden sind, und dennoch gewährt es eine nicht geringere Freude.

6. Deshalb soll man auch *nicht um jeden Preis darnach trachten sich an die überlieferten Sagenstoffe*, die den Tragödien zugrundeliegen, *zu binden*, denn es wäre lächerlich darnach zu trachten, ist doch auch das Bekannte nur wenigen bekannt und trotzdem erfreut es alle.

7. Es ist demnach klar, daß der Dichter vielmehr ein *Dichter von Sagenstoffen als von Versmaßen* sein muß, insofern er ein Dichter auf Grund der nachahmenden Darstellung ist und zwar Handlungen nachahmt Und sollte es sich einmal treffen, daß er das, was sich wirklich zugetragen hat, darstellt, so ist er nichtsdestoweniger ein Dichter. Denn nichts hindert, daß von dem, was sich tatsächlich zugetragen hat, manches der Wahrscheinlichkeit entsprechend sich zugetragen hat und in bezug auf diesen Punkt erweist er sich eben als ein Dichter jener Begebenheiten.

8. Von *mangelhaften* Fabeln, d.h. Handlungen sind die *episodischen* die schlechtesten. Ich verstehe unter einer episodischen Fabel eine solche, in der die episodischen Teile ohne Wahrscheinlichkeit oder Notwendigkeit aufeinander folgen. Solche werden von minderwertigen Dichtern infolge ihres eigenen Unvermögens verfaßt, von guten dagegen aus Rücksicht auf die Schauspieler. Da sie nämlich Dramen aufführen und einmal die Fabel über Gebühr ausgedehnt

haben, kommen sie oft in die Zwangslage die (natürliche Abfolge (der Begebenheiten) in Unordnung zu bringen. (1452a)

9. Da wir es nun mit der nachahmenden Darstellung einer Handlung zu tun haben, die nicht nur in sich abgeschlossen ist, sondern auch furcht- und mitleiderregende Vorgänge enthält, diese aber ganz besonders dann entstehen, wenn sie sich wider Erwarten aus dem (inneren) Zusammenhange ergeben, ‹so ist das *Wunderbare* ein wirkungsvolles Element der Tragödie›. Und es wird das Wunderbare eine noch größere Wirkung ausüben, als wenn es nur von Ungefähr oder durch Zufall eintritt, da selbst bei rein zufälligen Ereignissen diejenigen den größten Eindruck des Wunderbaren machen, deren Vorkommen gleichsam den Schein der Absichtlichkeit erwecken, wie z.B. die Bildsäule des *Mitys* in Argos den, der an dem Tode des *Mitys* schuld war, erschlug, indem sie, gerade als er sie betrachtete auf ihn niederfiel. So etwas scheint nämlich nicht auf Zufall zu beruhen. Es sind also derartig beschaffene Stoffe notwendigerweise die kunstgerechteren (schöneren).

KAPITEL X

1. Von Fabeln sind die einen *einfach*, die anderen *verflochten*, denn derart sind auch ihrer Natur nach die Handlungen, deren nachahmende Darstellungen ja die Fabeln sind. Unter einer einfachen Fabel verstehe ich eine solche, in deren ununterbrochenem und einheitlichem Verlauf unserer Bestimmung gemäß der Umschwung ohne Peripetie oder Erkennung herbeigeführt wird, eine verflochtene dagegen bei der der Umschwung mit Erkennung oder Peripetie oder mit beiden zugleich zustandekommt.

2. Diese beiden müssen aber aus dem Aufbau der Fabel selbst sich ergeben und zwar so, daß sie aus den jeweilig vorhergegangenen Begebenheiten, sei es mit Notwendigkeit, sei es mit Wahrscheinlichkeit sich entwickeln. Denn es macht einen erheblichen Unterschied ob etwas "propter hoc" oder "post hoc" erfolgt.

KAPITEL XI

1. *Peripetie* ist der Umschwung dessen, was man tut, in sein Gegenteil und zwar unserer Ansicht entsprechend auf Grund der Wahrscheinlichkeit oder Notwendigkeit So kommt z.B. einer im *Oidipus*, um den *Oidipus* zu erfreuen und ihn von seiner Furcht in betreff seiner Mutter zu befreien; indem er aber dadurch dessen Herkunft offenbart, bewirkt er das gerade Gegenteil und im *Lynkeus* wird der eine zum Tode geführt, ein anderer [Danaos] folgt ihm, um ihn zu töten, es ergibt sich aber aus dem, was sie taten, daß dieser den Tod erleidet, jener aber gerettet wird.

2. *Erkennung* (Anagnorisis) ist, wie ja auch schon der Name besagt, die Umwandlung aus Unkenntnis in Kenntnis, die entweder zur Freundschaft oder Feindschaft der zu Glück oder Unglück ausersehenen Personen führt. Am kunstvollsten ist die Erkennung, wenn zugleich damit eine Peripetie eintritt, wofür die Erkennung im *Oidipus* ein Beispiel bietet.

3. Es gibt nun freilich auch andere Arten der Erkennung denn in bezug sowohl auf leblose wie auf ganz beliebige Dinge kann sie in der erwähnten Weise eintreten, und man kann erkennen, ob jemand etwas getan oder ob er es nicht getan hat. Aber die wichtigste für die Fabel, d.h. die wichtigste für die Handlung ist die erstgenannte. Denn eine derartige Erkennung und Peripetie werden entweder Mitleid erwecken oder auch Furcht und als nachahmende Darstellung (1452b) solcher Handlungen gilt uns ja die Tragödie. Ferner werden ja auch Glück und Unglück durch solche Erkennungen bedingt sein.

4. Da nun die Erkennung (vorzugsweise) eine Erkennung von gewissen Personen ist, so gibt es einerseits Erkennungen, die nur von einer einzelnen Person in bezug auf die andere stattfinden, falls es nämlich bekannt ist, wer die andere Person ist; andrerseits müssen beide Parteien sich erkennen, wie z.B. *Iphigeneia* von *Orestes* vermittelst der Absendung ihres Briefes erkannt wurde, dieser aber von Seiten der Iphigeneia noch einer anderen Erkennungsart bedurfte.

5. Dieses wären also zwei Bestandteile der Fabel, nämlich Peripetie und Erkennung? die *dritte* ist die *leidvolle Tat*. Eine leidvolle Tat aber ist eine verderbenbringende und schmerzverursachende Handlung als da sind Tötungen vor den Augen der Zuschauer Fälle, von übermäßigen Qualen, Verwundungen und sonstiges dieser Art.

KAPITEL XII

1. Die (qualitativen) Teile der Tragödie, welche man als Arten verwenden muß, haben wir vorhin besprochen; was die *quantitativen* anbelangt, d.h. die gesonderten Teile, in die sie geschieden werden, so sind es folgende: *Prolog, Epeisodion, Exodos, Chorlied,* das seinerseits in die *Parodos* und das *Stasimon* zerfällt. Diese Bestandteile sind allen Dramen gemeinsam, der Tragödie eigentümlich die *Gesänge von der Bühne* und die *Kommoi.*

2. Es ist aber der Prolog ein vollständiger Teil der Tragödie vor dem Einzug des Chors, das Epeisodion ein vollständiger Teil der Tragödie, der zwischen vollständigen Chorgesängen liegt, die Exodos ein vollständiger Teil der Tragödie, nach dem kein Chorgesang folgt. Von den Chorpartien ist die Parodos der erste Vortrag des ganzen Chors, das Stasimon der Chorgesang ohne Anapaest und Trochaeus, der Kommos endlich ist der Trauergesang des Chors zusammen mit den Gesängen von der Bühne. Die (qualitativen) Teile der Tragödie, welche man als Arten verwenden muß, haben wir also vorhin besprochen, was die quantitativen anbelangt, d.h. die gesonderten Teile, in die sie geschieden werden, so sind es die genannten.

KAPITEL XIII

1. Was man bei dem Aufbau der Fabeln erstreben und was man vermeiden muß und wodurch die Aufgabe der Tragödie erreicht werden wird, soll nun auf Grund des bereits Erörterten im folgenden dargestellt werden.

2. Da die *Komposition der Tragödie* keine einfache sondern eine *verflochtene* sein soll und diese *furcht- und mitleiderregende*Ereignisse nachahmend darzustellen hat, liegt doch eben darin das Charakteristische einer derartigen nachahmenden Darstellung so ist zunächst folgendes klar: *Weder dürfen sittlich hervorragende aus Glück in Unglück geratene Männer vor Augen treten*, denn dies wäre weder furcht- noch mitleiderregend, sondern (einfach) gräßlich, noch sollen *schlechte aus Unglück in Glück geraten*, denn dies wäre das Untragischste von allen, da es keine der Forderungen (1453a) erfüllt, indem es die allgemein menschliche Teilnahme unberührt läßt und weder mitleid- noch furchterregend ist. Ferner *soll auch nicht der Erzbösewicht aus Glück ins Unglück stürzen*, denn ein solcher Vorgang würde zwar menschliche Teilnahme erwecken, aber weder Mitleid noch Furcht. Ersteres nämlich bezieht sich auf einen unverdient Leidenden, letztere auf einen unseres gleichen, so daß ein derartiges Ereignis nichts Mitleid- oder Furchterregendes an sich hat.

3. Es bleibt mithin nur noch *Einer übrig, der zwischen jenen Charakteren die Mitte hält*. Es ist dies aber ein solcher, der weder durch sittliche Tüchtigkeit und Gerechtigkeit hervorragt, noch andrerseits durch Schlechtigkeit und Gemeinheit in Unglück gerät, sondern *infolge einer Art Irrtum und zwar bei Personen von großem Ansehen* und in glücklicher Lebenslage, wie bei *Oidipus* und *Thyestes* und anderen erlauchten Männern aus solchen Geschlechtern.

4. Es ist daher notwendig, daß eine kunstgerechte Fabel *vielmehr einen einseitigen Ausgang als einen doppelten*, wie manche meinen, haben muß und daß der Umschwung nicht in Glück aus Unglück, sondern im Gegenteil aus Glück in Unglück stattfinde und zwar nicht durch Schlechtigkeit, sondern auf Grund eines folgenschweren Irrtums von seiten eines Mannes der angegebenen Art oder eines, der eher besser als schlechter ist Einen Beweis dafür liefert auch die (literarhistorische) Entwicklung, denn anfangs wählten die Dichter der Reihe nach beliebige Sagenstoffe, jetzt aber drehen sich die Tragödien nur um wenige Familienhäuser, wie um einen *Alkmeon, Oidipus, Orestes, Meleagros, Thyestes, Telephos*und solch' andere, denen es beschieden war, entweder Schreckliches zu leiden oder zu vollbringen.

5. Aus einer derartig aufgebauten Handlung entsteht also die nach den Regeln der Kunst gebaute schönste Tragödie. Deshalb befinden sich auch diejenigen im Irrtum, die *Euripides*tadeln, weil er dieses Verfahren in seinen Tragödien einschlägt und viele seiner Dramen unglücklich enden. Denn gerade dies ist, wie gesagt, das Richtige. Der schlagendste Beweis dafür ist folgender. Bei der Bühnenaufführung erscheinen gerade derartige Stücke, falls sie gut gespielt werden, tragisch ganz besonders wirksam und deshalb erscheint *Euripides*, mag auch in anderen Dingen seine Technik nicht (immer) lobenswert sein, doch tragisch wirksamer als andere Dichter.

6. An *zweiter* Stelle kommt diejenige Anlage der Handlung, der von einigen die erste eingeräumt wird, nämlich die, *welche eine doppelte Anlage enthält* wie die *Odyssee*, und für die Besseren und Schlechteren (wider Erwarten) in entgegengesetzter Weise ausläuft. Sie scheint aber die erste Stelle auf Grund der Schwäche des Theaterpublikums einzunehmen richten sich doch die Dichter in ihren Werken nach den Wünschen der Zuschauer. Aber nicht dies ist das Lustgefühl, das von der Tragödie ausgehen soll, sondern jener Vorgang ist vielmehr der Komödie eigentümlich, wo nämlich Personen, die in der Sage die größten Feinde sind, wie

z.B. *Orestes* und *Aigisthos*, am Schluß als Freunde abziehen und keiner den Tod von der Hand des anderen erleidet.

KAPITEL XIV

l. Es kann nun das *Furcht- und Mitleiderregende* (1453b) aus der szenischen Ausstattung erwachsen, es kann aber auch aus der *Verknüpfung der Ereignisse* selbst sich ergeben und dies ist das Vortrefflichere und Sache des besseren Dichters. Man muß nämlich auch ohne Rücksicht auf die Aufführung die Fabel so gestalten, daß man schon beim *bloßen Anhören* aus dem, was sich zuträgt, Schauder und Mitleid empfindet, eine Wirkung, die jemand, der die (dramatische) Darstellung der *Oidipus*-Geschichte auch nur (vorlesen) hört, an sich erproben kann. Diese Wirkung aber (allein) durch Vermittlung der szenischen Ausstattung zu erzielen ist unkünstlerischer, weil sie (rein äußerer) theatralischer Mittel bedarf. Diejenigen aber, die vermittelst szenischer Ausstattung nicht das Furcht- und Mitleiderregende, sondern lediglich Wundererscheinungen bezwecken, haben überhaupt nichts mehr mit der Tragödie gemein, denn *nicht jede Lustempfindung darf man von der Tragödie verlangen*, sondern nur die (ihrem Wesen) eigentümliche. Da also der Dichter nur die aus Mitleid und Furcht vermittelst einer nachahmenden Darstellung sich ergebende Lustempfindung bereiten soll, so ist klar, daß er diese Wirkung eben in die Begebenheiten selbst verlegen muß.

2. Wir wollen nunmehr untersuchen, welche *Art von Vorgängen als schrecklich, welche als mitleidvollanzusehen ist*. Notwendigerweise spielen sich derartige Handlungen unter Personen ab, die *entweder untereinander verwandt oder verfeindet oder keins von beiden* sind. Greift ein Feind einen Feind an, mag er nun die Tat wirklich ausführen oder nur im Begriff sein sie auszuführen, so ist das nicht mitleid- oder furchterregend, wenn wir (im ersteren Falle) von dem leidvollen Vorgang als solchem absehen, und dasselbe trifft auf Personen zu, die sich gleichgültig gegenüberstehen.

3. Wenn aber die leidvollen Taten unter Verwandten stattfinden, wie wenn der Bruder den Bruder, der Sohn den Vater, die Mutter den Sohn oder der Sohn die Mutter tötet oder zu töten im Begriff ist oder irgend ein anderer (Verwandter) etwas der Art tut, so sind dies die Begebenheiten, die man aufsuchen muß.

4. Den Kern der *überkommenen Sagen darf man aber nicht zerstören*, ich meine, daß z.B. *Klytaimestra* von der Hand des *Orestes* fällt und *Eriphyle* von der des *Alkmeon*; im übrigen soll der Dichter selbst erfinden und die überlieferten Stoffe *kunstvoll* verwerten. Was wir unter "kunstvoll" verstehen, wollen wir etwas genauer erläutern. Die Handlung kann nämlich (1) so sich abspielen, wie die alten Dichter Personen, die (ihre Opfer) kennen und wissen, wer sie sind, darzustellen pflegten, wie noch *Euripides Medea* ihre Kinder mordend darstellte.

5. Ein weiterer Fall ist (2) der, in dem die Tat in Unkenntnis (des Opfers) begangen wird oder aber, (3) wo das Schreckliche zwar auch unwissentlich ausgeführt wird, aber erst hinterher die Verwandtschaft erkannt wird, wie der *Oidipus* des *Sophokles*, wo freilich die Tat außerhalb des Dramas liegt; innerhalb der Tragödie selbst gibt uns ein Beispiel der *Alkmeon* des *Astydamas* oder *Telegonos* im "*Verwundeten Odysseus.*" Sodann (4) kann man nur im Begriff sein, irgend eine ruchlose Tat in Unkenntnis zu begehen, vor der Ausführung aber (das Opfer) erkennen. Außer diesen Fällen gibt es keine anderen. Denn notwendiger weise ist die Tat entweder vollbracht oder nicht, und zwar wiederum entweder in Kenntnis (des Opfers) oder in Unkenntnis.

6. Von diesen (Möglichkeiten) ist nun in Kenntnis (des Opfers) die Tat nur zu beabsichtigen, aber nicht zu vollführen, die minderwertigste. Denn dies hat etwas Abscheuerweckendes und nichts Tragisches an sich, fehlt ihr doch die leidvolle Tat. Darum hat auch niemand derartiges

dargestellt, oder doch nur selten, wie z.B. in der *Antigone Haimon* gegenüber *Kreon* (1454a) so verfährt.

7. *An zweiter Stelle* kommt die wirkliche Vollziehung der Tat, wobei die zwar in Unkenntnis vollzogene, aber mit einer nach der Tat folgenden Erkennung die bessere ist.

8. Die *wirkungsvollste* Art aber ist die letzte. Ich meine z.B., wie im *Kresphontes Merope* sich anschickt ihren Sohn zu töten, ihn aber nicht tötet, sondern (vorher) erkennt und wie in der *Iphigeneia* die Schwester den Bruder erkennt, (ehe sie ihn tötet), und in der *Helle* der Sohn im Begriff die Mutter (dem Tode) auszuliefern sie erkennt.

9. Deshalb bewegen sich, wie bereits erwähnt, die Tragödien um nicht viele Geschlechter. Denn auf der Jagd nach (passenden) Stoffen gelang es den Dichtern weniger durch ihre eigene Kunst als durch des Zufalls Gunst derartige Wirkungen in ihren Fabeln anzubringen, und sie wurden so gezwungen bei denjenigen Familienhäusern zusammenzutreffen, in denen eben derartige leidvolle Taten sich ereignet haben. Über die Verknüpfung der Begebenheiten und die nötige Beschaffenheit dieser Sagenstoffe ist also hiermit hinreichend gesprochen worden.

KAPITEL XV

1. Was die *Charaktere* anbelangt, so sind es *viererlei* Eigenschaften, auf die man sein Augenmerk richten muß. *Erstes* und wichtigstes Erfordernis ist, daß sie *sittlich gut* seien. Charakter wird aber jemand haben, wenn, wie bereits erwähnt, seine Eede oder Handlungsweise irgendeine Willensrichtung, welcher Art sie auch sein mag, offenbart und zwar einen sittlich guten Charakter, wenn diese Willensrichtung eine sittlich gute ist. Ein solcher ist aber in jeder menschlichen Gattung vorhanden, denn auch ein Weib kann sittlich gut sein und ein Sklave, obgleich vielleicht von diesen die eine ein minderwertiges, der andere ein ganz und gar untaugliches Geschöpf ist.

2. Das *zweite* ist das *Angemessene*. Es kann z.B. ein Charakter tapfer sein, ohne daß dies für ein Weib angemessen sein würde, wie denn ein solcher im allgemeinen bei ihr auch nicht üblich ist.

3. Das *dritte* ist die (historische) *Ähnlichkeit*. Dies ist nämlich etwas anderes als den Charakter sittlich gut und angemessen, wie wir uns ausdrückten, darzustellen.

4. Das *vierte* ist die *Konsequenz*, denn selbst wenn irgend eine Person, die den Gegenstand der nachahmenden Darstellung abgibt, inkonsequent sein sollte und als ein derartiger Charakter dem Dichter vorgelegen hat, so muß sie gleichwohl konsequent inkonsequent sein.

5. Ein Beispiel einer Schlechtigkeit des Charakters von nicht (innerer) Notwendigkeit ist beispielsweise *Menelaos* im *Orestes*, von einem unpassenden und unangemessenen, z.B. der Klagegesang des *Odysseus* in der *Skylla* und die Rede der *Melanippe*, ‹von einem ohne historische Ähnlichkeit z.B....›, von einem inkonsequenten endlich die *Iphigeneia in Aulis*, denn die (um ihr Leben) Flehende gleicht in keiner Weise der späteren (sich freiwillig opfernden).

6. Man soll auch in der Zeichnung der Charaktere, ebenso gut wie in der Verknüpfung der Handlungen, stets, sei es auf deren Wahrscheinlichkeit, sei es auf deren Notwendigkeit bedacht sein, auf daß ein so beschaffener Charakter so oder so, entweder nach der Notwendigkeit oder Wahrscheinlichkeit auch rede oder handle, wie ja auch die eine Begebenheit auf die andere der Notwendigkeit oder Wahrscheinlichkeit entsprechend erfolgen muß.

7. Es ist demnach klar, daß auch die *Lösungen in den Fabeln* sich aus dem *Charakter* selbst ergeben (1454b) müssen und nicht wie in der *Medea* durch die (Theater-) Maschine und in der *Ilias* anläßlich der Vorgänge bei der Abfahrt, denn die Maschine darf vielmehr nur für Begebenheiten außerhalb des Dramas in Anwendung kommen, sei es in Bezug auf Ereignisse der Vergangenheit oder bei Vorgängen, die ein Mensch nicht wohl wissen konnte, oder aber bei zukünftigen Dingen, die der Vorhersagung und Verkündigung bedürfen denn den Göttern gestehen wir ja zu, daß sie alles wahrnehmen.

8. Aber auch keine Ungereimtheit darf in Tragödien vorkommen und, wenn ja einmal, nur außerhalb der Tragödie, wie jene bekannte im *Oidipus* des *Sophokles*.

9. Da nun die Tragödie *eine nachahmende Darstellung besserer Menschen*, als wir es zusein pflegen, ist, so muß man die guten Portraitmaler als nachzuahmendes Vorbild nehmen. Indem nämlich diese ihren Personen zwar die ihnen eigentümliche Gestalt verleihen und sie demgemäß ähnlich bilden, malen sie sie dennoch schöner. So muß auch der nachahmend darstellende Dichter, wenn er zornige oder leichtmütige oder mit anderen derartigen Charakterzügen ausgestattete Personen zu bilden hat, sie in ihrer Eigenart als *sittlich vortreffliche Menschen*

zeichnen, wie z.B. *Homer* den sich fernhaltenden *Achill* als einen guten Menschen geschildert hat.

10. Auf diese Dinge muß man also achten und überdies auch auf die der Dichtung sich notwendig anpassende sinnfällige Darstellung, denn auch bei dieser kann man oft in die Irre gehen. Doch ist darüber bereits in meinen herausgegebenen Schriften zur Genüge gehandelt worden.

KAPITEL XVI

1. Was Erkennung ist, wurde früher gesagt. Was nun die *Arten der Erkennung* betrifft, so ist die erste die unkünstlerischste, deren sich die meisten als Verlegenheitsmittel bedienen, nämlich die durch Zeichen. Von diesen sind nun (a) die einen *angeboren*, wie z.B. die Lanze, welche die Erdgeborenen tragen, oder die Sterne, wie z.B. die im *Thyestes* des *Karkinos*. Andere (b) sind *erworben* und diese wiederum sind teils *körperlich*, wie Narben, teils *äußerliche Gegenstände*, wie beispielsweise Halsbänder und die durch die Wanne herbeigeführte Erkennung in der *Tyro*. Aber auch diese Zeichen kann man mehr oder minder geschickt anwenden. So wurde z.B. *Odysseus* an der Narbe auf die eine Weise von der Amme, auf eine andere von dem Sauhirtenerkannt. Allerdings sind die lediglich der Beglaubigung wegen eingeführten Erkennungen weniger kunstvoll und überhaupt alle rein äußerlichen Erkennungen dieser Art. Doch sind die aus der Peripetie sich ergebenden, wie die in der (eben genannten) Badeszene, (verhältnismäßig) besser.

2. Eine *zweite* Art sind die vom Dichter *erfundenen* und eben darum unkünstlerisch. So erkannte z.B. *Iphigeneia* in der *Iphigeneia*, daß *Orestes* (vor ihr stehe). Jene nämlich wurde durch den Brief erkannt, dieser sagt aber selbst, was dem Dichter beliebt, nicht aber was die Handlung fordert. Deshalb kommt dies (Verfahren) dem erwähnten Mißgriff ziemlich nahe, denn er (Orestes) hätte ebensogut einige (Erkennungszeichen auch an sich tragen können. Ein (weiteres) Beispiel liefert "*die Stimme der Spindel*" im *Tereus*des *Sophokles*.

3. Die *dritte* Art kommt auf Grund einer *Erinnerung* zustande, indem man sich einer Sache bewußt wird, die man wahrgenommen hat, wie der Vorgang in den *Kypriern* des*Dikaiogenes*, denn (daselbst) (1455a) brach (der Held) beim Anblick des Bildes in Weinen aus, und derjenige in der "Mär des *Alkinoos*," denn nachdem er (Odysseus) dem Kitharisten zugehört hatte und sich der (vorgetragenen Begebenheiten) erinnerte, vergoß er Tränen, wodurch sie dann beide erkannt wurden.

4. Die *vierte* Art endlich beruht auf einer *Schlußfolgerung* wie z.B. in den *Choephoren*: Jemand (dem Orestes oder mir, Elektra) ähnlich ist angekommen, (ihm oder mir) ähnlich ist aber niemand außer *Orestes*. Also ist *Orestes* angekommen. Ferner die Erkennungsszene in betreff der *Iphigeneia* bei *Polyidos*, dem Sophisten, denn es war (durchaus) wahrscheinlich daß *Orestes* den Schluß zog, weil seine Schwester geopfert wurde, so sei es auch ihm nun beschieden geopfert zu werden. Ferner im *Tydeus* des *Theodektes*: Gekommen seinen Sohn zu finden, verfalle er nun selbst dem Tode. Endlich die Szene in den *Phiniden*: Nachdem die Frauen des Ortes ansichtig wurden, schlössen sie auf ihr Verhängnis, weil ihnen das Schicksal bestimmt hatte an diesem Ort zu sterben, denn eben dort seien sie ausgesetzt worden. Es gibt aber auch eine zusammengesetzte Art der Erkennung aus dem Fehlschluß des einen, (der angeredeten Person), wie z.B. im "*Odysseus der Trugbote*". Da behauptete der eine (Odysseus), er allein könne den Bogen spannen und kein anderer. Dies läßt ihn der Dichter nach der Überlieferung sagen; wenn er nun aber hinzufügt, er werde den Bogen wiedererkennen, den er doch niemals gesehen, so war die Annahme, er werde diesen (wirklich) wiedererkennen, ein Fehlschluß.

5. Von allen Erkennungsarten ist aber diejenige, die aus den Begebenheiten selbst entspringt, die beste, insofern die Überraschung auf Grund wahrscheinlicher Vorgänge erfolgt, wie im *Oidipus* des *Sophokles* und in der *Iphigeneia*, denn es ist durchaus wahrscheinlich daß sie ein Schreiben mitzugeben wünscht. Diese Erkennungen bestehen für sich allein ohne erdichtete Zeichen, wie Halsbänder. An zweiter Stelle kommt die aus einer Schlußfolgerung sich ergebende.

KAPITEL XVII

1. Man muß bei der *Gestaltung der Fabeln und ihrer sprachlichen Ausarbeitung die Vorgänge soweit wie irgend möglich sich vor Augen stellen*, denn nur wenn der Dichter diese im klarsten Lichte sieht, als wäre er bei den Begebenheiten selbst zugegen, dürfte er das Passende finden und auch Widersprüche schwerlich übersehen. Ein Beweis dafür ist, was dem *Karkinos* einmal zum Vorwurf gemacht wurde. Eine Person [Amphiaraos?] entstieg dem Tempel ‹....› Dies entging dem Dichter, der sich die Situation nicht vergegenwärtigte, und so fiel er bei der Aufführung durch, weil dieser Verstoß den Unwillen der Zuschauer erregte.

2. *Sodann soll der Dichter*, soweit es irgend wie angeht, *Mienen und Geberden seiner Personen an sich* (darstellerisch) *miterproben*, denn am überzeugendsten sind die, welche kraft ihres eigenen Naturells sich in (die betreffenden) Gemütsstimmungen versetzen können, und am Wahrheitsgetreuesten wird der selbst heftig Erregte aufregend darstellen und der Erzürnte seinen Zorn auf andere übertragen. Deshalb ist die *Dichtkunst vielmehr Sache eines Hochbegabten als eines Besessenen*, denn jene sind reichlich bildsam, diese aber außer Rand und Band.

3. Der Dichter soll ferner die *Sagenstoffe* und zwar (1455b) sowohl die bereits erfundenen als die, welche er selbst erfindet, *zuerst in einem allgemeinen Umriß entwerfen, dann Episoden einflechten*, d.h. erweitern. Ich meine, das Allgemeine läßt sich z.B. an der *Iphigeneia* so veranschaulichen: Eine gewisse Jungfrau wurde auf den Opferaltar gelegt und den Opfernden auf unbekannte Weise entrückt, sie wurde in ein anderes Land versetzt, wo es Brauch war Fremde der (Landes) Göttin zu opfern. Sie erhielt dieses Priesteramt. Nach einiger Zeit fügte es sich, daß ihr Bruder eintraf—die Tatsache, daß der Gott aus einem bestimmten Grunde ihm befohlen hatte dorthin zu kommen und in welcher Absicht, liegt außerhalb der dramatischen Handlung. Genug, er kam, wurde festgenommen und gerade im Begriff geopfert zu werden, erkannte er seine Schwester, sei es, wie *Euripides*, sei es wie *Polyidos* die Erkennung (des Bruders) herbeiführte, indem er ihn in wahrscheinlicher Weise die Äußerung tun läßt, daß also nicht nur seine Schwester, sondern nun auch er geopfert werde, und daraus erfolgte seine Rettung. Nachdem dieser Umriß entworfen und die Namen (den Personen) bereits beigelegt worden sind, füge man Episoden ein, achte aber darauf, daß diese Episoden passend sind, wie z.B. beim *Orestes* der Wahnsinnsanfall, der seine Ergreifung veranlaßte, und seine Rettung vermittelst der Reinigung.

4. In den *Dramen müssen die Episoden eng begrenzt sein*, das Epos dagegen wird durch sie (gebührend) verlängert. So ist die Geschichte der *Odyssee* nicht eben lang: Ein Mann ist viele Jahre von der Heimat entfernt, er wird von einem Gott feindseligüberwacht und findet sich schließlich allein? in seinem Hause lagen inzwischen die Verhältnisse so, daß von Freiern seine Habe verschwendet und seinem Sohne nachgestellt wird. Da kommt der (einst) von Unglücksstürmen Umhergeworfene heim und, nachdem er einigen sich zu erkennen gegeben hatte, geht er zum Angriff über, wobei er selbst gerettet wird, während er seine Feinde vernichtet. Dies der eigentliche Kern, alles andere sind Episoden.

KAPITEL XVIII

1. Jede Tragödie besteht aus einer *Lösung* und einer *Schürzung*. Der Schürzung gehören oft Begebenheiten an, die noch außerhalb und einige, die innerhalb der Handlung fallen, das übrige bildet die Lösung. Unter Schürzung verstehe ich aber diejenige Verknüpfung, die vom Anfang bis zu demjenigen Teil reicht, der die Grenze bezeichnet, von der aus ein Umschwung in Glück oder Unglück sich vollzieht; unter Lösung diejenige vom Umschwung bis zum Schluß. So umfaßt im *Lynkeus* des *Theodektes* die Schürzung die Vorgeschichte, die Wegnahme des Kindes und was unmittelbar darauf folgt, die Lösung dagegen reicht von der Anschuldigung des Mordes bis zum Schluß.

2. Es gibt vier Arten der Tragödie und ebensoviele (?) Teile der Tragödie waren genannt worden, nämlich die verflochtene, die ganz auf Peripetie oder Erkennung hinausläuft, ferner die eine leidvolle Tat enthaltende (pathetische), wie z.B. die *Aias*—und (1456a) *Ixion*dramen, und die auf Charakterzeichnung beruhende (ethische), wie die *Phthiotinnen* und der Peleus, die vierte, einfache erscheint in Verbindung mit den beiden letzteren, wie z.B. die *Phorkiden*, der *Prometheus* und die Stücke, die im Hades spielen. Man sollte nun ganz besonders darnach trachten, alle diese Behandlungsarten sich anzueignen, falls dies aber nicht möglich, so doch die wichtigsten und meisten, zumal man gerade heutzutage die Dichter einer gehässigen Kritik zu unterziehen pflegt. Da es nämlich für jeden Teil (einer Tragödie) vortreffliche Dichter gibt, fordert man, daß der Einzelne die Virtuosität (Spezialität) eines jeden überbieten soll.

3. Von Rechts wegen darf man eine ganz verschiedene Tragödie (im Verhältnis zu einer anderen) als die nämliche ansprechen, selbst wenn sie im Stoff nicht zueinander stimmen. Dieser Fall tritt ein, wenn Schürzung und Lösung dieselben sind. Überhaupt *schürzen viele den Knoten vortrefflich, lösen ihn aber schlecht*. Es ist aber nötig, daß beides im Einklang stehe.

4. Der Dichter muß ferner, wie wiederholt bemerkt wurde, sich daran erinnern seine Tragödie nicht episch zu gestalten. Unter episch verstehe ich aber einen vielstoffigen Inhalt, wie wenn jemand z.B. den ganzen Stoff der *Ilias* dramatisieren wollte. Dort (im Epos) erhalten nämlich in Folge seiner Länge die Teile ihre angemessene Ausdehnung, in den Dramen aber wird dies (Verfahren) einen der Erwartung ganz entgegengesetzten Erfolg haben. Ein Beweis dafür ist, daß diejenigen, welche die Zerstörung *Ilions* als Ganzes dramatisierten und nicht einzelne Teile, wie *Euripides*, oder die Sage der *Niobe*, und nicht wie *Aischylos*, entweder durchfielen oder im Wettkampf schlecht abschnitten, hat doch sogar *Agathon* in diesem Punkte allein einen Mißerfolg zu verzeichnen.

5. In Peripetien und in einfachen Handlungen erreichen die Dichter in bewundernswerter Weise die Wirkung, die sie erstreben. Denn diese ist eine tragische und erweckt somit menschliche Teilnahme. Dieser Fall tritt ein, wenn ein kluger, aber schlechter Mensch, wie *Sisyphos*, hintergangen wird und ein mannhafter, aber ungerechter Charakter ‹wie ...› unterliegt. Denn auch das ist in dem Sinne wahrscheinlich, wie es *Agathon* versteht, "*Ist es doch wahrscheinlich, daß vieles Unwahrscheinliche sich ereignet.*"

6. Ferner muß der Dichter den Chor wie einen der *Schauspieler auffassen*, er soll ein (organisches) Glied des Ganzen sein und an der dramatischen Handlung teilnehmen, nicht wie bei *Euripides*, sondern wie bei *Sophokles*. Bei zahlreichen (Dichtern) haben die Chorlieder nicht viel mehr mit der betreffenden Fabel zu tun als mit irgend einer anderen Tragödie. Deshalb lassen sie (sogenannte) Embolima (Einlagen) singen, ein Brauch, den zuerst *Agathon* aufbrachte. Und doch welch' ein Unterschied besteht darin, solche Intermezzi zu singen oder eine Rede aus einem Stück in ein anderes einzufügen [oder gar ein ganzes Episodion]?

KAPITEL XIX

1. Über die anderen Arten (der Tragödie) ist nun gesprochen worden, es erübrigt noch über den *sprachlichen Ausdruck* und die *Gedanken* zureden. Das, was die *Gedanken*angeht, mag in den Büchern über die Rhetorik seinen Platz haben, da dies mehr diesem Untersuchungsgebiet eigen ist. In den Bereich der Gedankenbildung fällt das, was vermittelst der (1456b) Rede bewerkstelligt werden muß, zu deren Funktionen das Beweisen und Widerlegen und die Erregung von Gemütsstimmungen gehört, wie Mitleid oder Furcht oder Zorn oder was es sonst noch derartiges gibt; ferner die Vergrößerung und Verkleinerung von Dingen. Es leuchtet aber ein, daß man auch in den Handlungen dieselben Gesichtspunkte anwenden muß, wenn man sie entweder mitleiderregend oder schrecklich oder groß oder wahrscheinlich machen will. Ein Unterschied besteht lediglich darin, daß diese Handlungen ohne (sprachliche) Belehrung sich kundgeben müssen, während die durch die Rede vermittelten von dem Redenden selbst bewerkstelligt werden und ein Ergebnis der Rede sein müssen, denn worin bestände denn sonst die Aufgabe des Redenden, wenn die Gedanken auch ohne Vermittlung der Rede in Erscheinung treten würden?

2. Von dem nun, was in das Gebiet des *sprachlichen Ausdrucks* gehört, bilden *einen* Teil der Untersuchung die *Satzarten*, deren Kenntnis übrigens mehr Sache der Vortragskunst ist und desjenigen, der deren Kunsttheorie beherrscht, wie z.B. was Befehl ist und was Wunsch oder Erzählung oder Drohung oder Frage oder Antwort und was es sonst derartiges gibt. Aus deren Kenntnis oder Unkenntnis kann aber der Dichtkunst keinerlei Tadel, der der Beachtung würdig wäre, erwachsen. Denn wer wird darin einen Fehler erkennen wollen, was *Protagoras* rügt, daß (Homer) z.B. in der Meinung eine Bitte auszusprechen befiehlt, indem er sagt: *Singe, o Göttin, den Zorn*, denn, so behauptet er, jemanden auffordern etwas zu tun oder nicht zu tun sei ein Befehl.

KAPITEL XX

1. Der *sprachliche Ausdruck in seiner Gesamtheit* enthält folgende Teile: den *Buchstaben*, die *Silbe*, das *Bindewort*, den *Artikel*, das*Nennwort* (Substantiv), das *Zeitwort* (Verbum), die *Beugung* (Flexion) und den *Satz* (Wortgefüge). Der *Buchstabe* ist ein unzerlegbarer Laut, aber nicht in allen Fällen, sondern nur, wenn aus ihm naturgemäß ein zusammengesetztes Lautgebilde sich entwickeln kann, denn auch Tiere haben unzerlegbare Laute, von denen ich keinen einzigen als einen zusammengesetzten oder einen Buchstaben bezeichne. Die Teile dieses Lautes sind der *Selbstlauter*(Vokal), der *Nichtlauter* (Muta) und der *Halbvokal* (Liquida).

Ein *Vokal* hat einen hörbaren, ohne Anlegung (der Zunge) an die Lippen oder die Zähne gebildeten Laut, der *Halbvokal* hat einen mit Anlegung (der Zunge) gebildeten, hörbaren Laut, wie z.B. R und S, der *Nichtlauter* ist zwar ebenfalls mit Anlegung (der Zunge) gebildet, hat aber für sich keinen zusammengesetzten hörbaren Laut, sondern wird nur hörbar in Verbindung mit solchen, die irgend ein zusammengesetztes Lautgebilde haben, wie z.B. G und D.

Diese Lautgebilde unterscheiden sich nun wiederum nach den Mundbildungen und den Mundstellen, durch den rauhen und leichten Hauch (Spiritus asper und lenis), durch Länge und Kürze (Quantität), endlich durch Tonhöhe und Tiefe und das Mittlere. Die Erörterung über diese Dinge im Einzelnen gehört aber in das Gebiet metrischer Untersuchungen.

2. Die *Silbe* ist ein zusammengesetzter, bedeutungsloser Laut, gebildet aus einer Muta ‹oder Liquida› und einem Vokal, denn G + R ohne A bildet keine Silbe, wohl aber mit A, wie in GRA. Jedoch die Erörterung auch dieser Unterschiede ist Sache der Metrik.

3. *Bindewort* ist ein zusammengesetztes, bedeutungsloses (1457a) Lautgebilde, wie z.B. *men* (= zwar), *ētoi* (= wahrlich), *dê* (= aber), oder aber ein Lautgebilde, das dazu bestimmt ist, aus mehreren Lautgebilden eines Lautes (?) einen einzigen bedeutsamen Laut (?) herzustellen.

4. *Artikel* ist ein zusammengesetztes, bedeutungsloses Lautgebilde, welches Anfang oder Ende oder die Gliederung eines Satzes anzeigt, wie z.B. *amphi* (= um), *perí* (= über) usw. oder aber ein zusammengesetztes bedeutungsloses Lautgebilde, welches einen einzigen bedeutungsvollen und aus mehreren Lauten entstandenen Laut weder verhindert noch hervorbringt und naturgemäß sowohl an die Spitze wie auch in die Mitte (des Satzes) sich stellen läßt.

5. *Substantiv* ist ein zusammengesetztes, bedeutsames Lautgebilde ohne Zeitbestimmung, von dem kein Teil an und für sich etwas bedeutet, denn in zusammengesetzten Wörtern gebrauchen wir ihre Teile nicht als an und für sich bedeutsam, wie z.B. in *Theodoros* (= Gottesgeschenk) *dōros* keine (selbständige) Bedeutung hat.

6. *Verbum* ist ein zusammengesetztes, bedeutsames Lautgebilde mit Zeitbestimmung, von dem kein Teil ebenso wie beim Substantivum an und für sich Bedeutung hat. So bezeichnet *Mensch* oder *weiß* nicht das Wann, dagegen *er geht* oder *er ist gegangen gangen* oder *er wird gehen* bezeichnet die Gegenwart Vergangenheit und Zukunft.

7. *Beugung (Flexion)* bezieht sich auf das Substantivum oder das Verbum und bezeichnet teils das Wessen (= Genetiv) oder Wem (= Dativ) und anderes der Art, teils die Einzahl oder Mehrzahl, wie *der Mensch* oder *die Menschen*, teils endlich die Ausdrucksweisen, wie z.B. Frage und Befehl, denn *ging er*? oder *geh*! ist eine Flexion des Verbums nach diesen Modalitäten.

8. Das *Wortgefüge* (Satz) ist ein zusammengesetztes bedeutsames Lautgebilde, von dem einige Teile an und für sich etwas bedeuten, denn nicht jedes Wortgefüge besteht aus Verben und Substantiven, wie z.B. die Definition des Menschen, sondern es kann auch ohne Verba ein Satzgefüge entstehen, aber es wird dennoch stets irgend einen bedeutsamen Bestandteil enthalten, wie z.B. *Im Gehen, Kleon, der Sohn des Kleon.*

9. Eine Einheit kann aber auch das Wortgefüge auf zweifache Weise sein, entweder nämlich, daß es (an sich) ein Einheitliches bezeichnet oder aber, daß dieses aus der Verbindung von mehreren entsteht. So ist z.B. die *Ilias* eine Einheit durch eine solche Verbindung der Satz vom Menschen aber dadurch, daß er (aus sich) eine Einheit bezeichnet.

KAPITEL XXI

1. Von den *Arten des Substantivs* sind die einen *einfach*, die anderen *zweiteilig*. Unter einem einfachen verstehe ich ein solches, das aus nicht bezeichnenden Teilen besteht, wie z.B. *Erde* (Gé), unter diesem ein solches, das einerseits aus einem bezeichnenden und einem nichtbedeutsamen Teil besteht, nur daß innerhalb des (zweiteiligen) Substantivums der bezeichnende und nichtbedeutsame Bestandteil nicht in Betracht kommt, andrerseits sich nur aus bezeichnenden Bestandteilen zusammensetzt. Es gibt freilich auch ein dreifaches und vierfaches Kompositum, ja sogar ein vielfaches, wie viele Bildungen der Massalioten, z.B. *Hermokaikoxanthos.* (1457b)

2. Jedes Wort ist entweder ein *allgemein gebräuchliches* oder eine *Glosse* oder eine *Metapher* oder eine *schmückende Bezeichnung* oder ein *neugebildetes* oder ein*gedehntes* oder ein *verkürztes* oder ein *umgewandeltes*.

3. Unter einem *allgemein gebräuchlichen* Wort verstehe ich, was jedermann gebraucht, unter einer *Glosse* das, was Fremde gebrauchen, so daß offenbar ein und dasselbe Wort sowohl eine Glosse wie allgemein gebräuchlich sein kann, nur freilich nicht bei denselben Personen. So ist *Sígynon* (= Wurfspieß) bei den *Kypriern* allgemein gebräuchlich, bei uns aber eine Glosse, und umgekehrt *dory* (= Wurfspieß) bei uns allgemein gebräuchlich, bei den *Kypriern* dagegen eine Glosse.

4. Eine *Metapher* besteht darin, daß man einem Worte eine ihm (ursprünglich) nicht zukommende Bedeutung beilegt, sei es (1) von der Gattung auf die Art oder (2) von der Art auf die Gattung oder (3) von der Art auf eine (andere) Art oder endlich (4) auf Grund einer Proportion.

Als Beispiel von der Gattung auf die Art nenne ich "Hier steht mein Schiff", denn "vor Anker liegen" bezeichnet das "Stehen" eines bestimmten Gegenstandes

(2) Von der Art auf die Gattung: "*Ja, der zehntausend herrliche Taten vollbrachte, Odysseus*". Diesen Ausdruck "zehntausend" braucht er (der Dichter) nämlich statt "viele".

(3) Von der Art auf die Art z.B. "*Mit dem Erze abschöpfend die Seele*" und "*abschneidend (von fünf Brunnen) mit dem unverwüstlichen ehernen Kruge*, denn dort bezeichnet das "Wegschöpfen" ein "Schneiden", hier dagegen das "Schneiden" ein "Wegschöpfen", beides sind aber (besondere) Bezeichnungen für etwas "wegnehmen".

(4) Eine *Proportion* nehme ich an, wenn das Zweite (B) sich zum ersten (A) ebenso verhält, wie das vierte (D) zum dritten (C). Dann wird man an Stelle des zweiten (B) das vierte (D) oder an Stelle des vierten (D) das zweite (B) nennen können. Zuweilen fügte man auch das, an dessen Stelle man etwas nennt, zu dem mit ihm in einem gewissen Verhältnis stehenden hinzu (+ A oder + C). Ich meine z.B., die Trinkschale (B) verhält sich zu *Dionysos* (A) genau so wie der Schild (D) zu *Ares* (C). Man wird mithin die Trinkschale (B) den Schild des *Dionysos* (D + A) und den Schild (D) die *Trinkschale des Ares* (B + C) nennen können. Oder, was das Greisenalter (D) zum Leben (C), das ist der Abend (B) zum Tage (A). Man wird mithin den Abend (B) als das Greisenalter des Tages (D + A) oder auch [wie Empedokles] das Greisenalter (D) den Abend des Lebens (B + C) oder den *Untergang des Lebens* nennen können.

Bei einigen Metaphern gibt es keine Bezeichnung für das proportionale Glied, trotzdem wird man sich in ähnlicher Weise ausdrücken können. Z.B. heißt den "Samen ausstreuen" "säen", dagegen gibt es für "Flamme ausstreuen" von Seiten der Sonne keine eigene Bezeichnung aber dies (Ausstreuen der Flamme) (B) verhält sich zur Sonne (A) ebenso wie das "Säen" (D) zu dem "Samen ‹Ausstreuenden› (C) und deshalb sagt (der Dichter): *Säend die gottgeschaffene Flamme* (D + A).

Nun kann man aber diese Art der Metapher auch noch in einer anderen Weise anwenden, indem man einem Gegenstande Fremdartiges unterlegt und ihm dadurch zugleich etwas von seinen eigentümlichen Eigenschaften abspricht, so z.B., wenn man den Schild zwar eine Trinkschale, aber nicht des *Ares,* sondern "weinlos" nennen würde.

5. ‹*Die schmückende Bezeichnung...*›

6. Ein *neugebildetes Wort* ist, was von niemandem überhaupt (vorher) gebraucht der Dichter selbst (dem Sprachschatz) hinzufügt, denn es scheint einige Wörter dieser Art zu geben, wie z.B. statt "Hörner" *érnyges* (= Sprossen) und statt "Priester" *ārētēr* (= Beter).

7. Das verlängerte und verkürzte Wort betreffend, (1458a) so entsteht ersteres durch die Anwendung eines längeren Vokals als dem Worte zukommt oder durch Hinzufügung einer Silbe, letzteres, wenn ihm etwas entzogen wird. Ein verlängertes Wort ist z.B. *polēos* (= Stadt) neben *poleōs* und ‹*Pēleos* neben› *Pēleos* und *Pēlēiádeō* ‹neben *Pēleidou*›; ein verkürztes z.B. *krí* (= *kríthē* "Gerste") und *dō* (= *dōma* "Haus") und

Eins wird beider Anschau (= Anschauung, *ops* für *opsis*).

8. *Umgewandelt* ist endlich ein Wort, wenn man den einen Teil beibehält, einen anderen aber hinzufügt, wie z.B. unter der "*rechteren*" Brust, statt der rechten (*dexíteron* = *déxion*).

9. Von Substantiven selbst sind die einen *männlich,* andere *weiblich,* wieder andere *dazwischen* (= sächlich). Männlich sind die, welche auf N und E und S ausgehen und solche, die mit letzterem zusammengesetzt sind, deren es zwei gibt, Xi (= Ksi) und Psi; weiblich, die auf Vokale, die stets lang sind, nämlich auf Eta und Omega (ē u. ō), und auf A, unter den Vokalen, die verlängert werden können, ausgehen. So trifft es sich, daß die Anzahl der Endungen für die männlichen und weiblichen die gleiche ist, denn *Xi* und *Psi* sind nur zusammengesetzt. Auf einen Stummlauter (Muta) endet kein Substantivum, noch auf einen stets kurzen Vokal. Auf "i" nur drei, nämlich *méli* (Honig), *kómmi* (Gummi), *péperi* (= Pfeffer), auf y ("ü") fünf, nämlich *dóry* (= Lanze), *pōy* (= Herde), *nápy* (= Senf), *góny* (= Knie), *ásty* (Stadt). Die sächlichen enden auf dieselben Buchstaben sowie auf N und S, wie z.B. *déndron* (= Baum) auf N und *génos* (= Geschlecht) auf S.

KAPITEL XXII

1. Die *Güte des sprachlichen Ausdrucks* be steht darin, daß er *klar* und *nicht flach* (banal) ist. Am klarsten ist er nun freilich, wenn er sich nur allgemein gebräuchlicher Wörter bedient, was aber Flachheit mit sich bringt. Ein Beispiel dafür bietet die Dichtung des *Kleophon* und die des *Sthenelos*. Erhaben und das Gewöhnliche (Alltägliche abstreifend wird er durch die Anwendung fremdartiger Wörter. Unter einem fremdartigen Wort verstehe ich die Glosse, die Metapher, die Erweiterung und überhaupt alles, was sich von dem Alltäglichen entfernt.

2. Wollte aber jemand in lauter derartigen Wörtern dichten, so wird sich entweder ein *Rätsel* oder ein *Kauderwelsch* (Barbarismus) ergeben und zwar, falls in Metaphern, ein*Rätsel*; falls in Glossen, ein Kauderwelsch. Denn es liegt im Wesen des Rätsels, zwar Tatsächliches zu sagen, aber Unmögliches zu verbinden. Durch die Verknüpfung anderer Wörter kann man dies nicht bewirken, durch eine Verknüpfung von Metaphern aber ist dies möglich, wie z.B.

Einen sah ich mit Feuer das Erz anlöten dem andern und dergleichen. Aus Glossen entsteht (wie gesagt), der Barbarismus ‹z.B. ....›.

Man muß daher diese Formen, nämlich die Glosse, die Metapher, die schmückende Bezeichnung und die übrigen bereits erwähnten Arten in einer gewissen Mischung verwenden. So wird man etwas nicht Alltägliches und nicht Flaches schaffen, das Allgemeingebräuchliche wird dagegen die (nötige) Deutlichkeit verleihen.

3. Aber den keineswegs geringsten Teil zur Klarheit (1458b) des sprachlichen Ausdrucks, ohne darum ins Alltägliche zu verfallen, tragen Verlängerungen, Verkürzungen und Umwandlungen bei. Da sie nämlich anders lauten als das allgemein Gebräuchliche bewirkt das vom Üblichen Abweichende, daß man nichts Alltägliches zustande bringt; durch die Verquickung mit dem allgemein Gebräuchlichen dagegen wird die Klarheit sich ergeben.

4. Deshalb sind diejenigen Nörgler im Unrecht, welche eine derartige Redeweise einer scharfen Kritik unterziehen und den Dichter (Homer) verhöhnen, wie *Eukleides* der Ältere es getan, indem er behauptete, daß es gar leicht sei zu dichten, wenn jemand berechtigt wäre, (Vokale) nach Gutdünken zu verlängern oder zu verkürzen und jenes (Verfahren) in dem Ausdruck selbst verspottete.

Ēpichár | en T | don Mara | thónade bãdi | zonta (= Aepicharen sah ich gen Marathón spazieren gehen)

Ouk an | g' ēramen | os ton | keínon | ellē | bōron (= Der wohl kaum in Liebe entbrannte für jenes Niesswurz.)

Freilich ist ein irgendwie augenfälliges Verfahren dieser Art lächerlich. Aber eine maßvolle Anwendung ist überhaupt eine gemeinsame (Vorbedingung) für alle Teile (des sprachlichen Ausdrucks). Denn wollte jemand geschmacklos, d.h. absichtlich auf die komische Wirkung rechnend, Metaphern, Glossen und die übrigen Arten anwenden, würde er dasselbe erreichen (wie bei jenen Dehnungen).

5. Welch einen *Unterschied die angemessene Verwendung* (dieser Formen) *macht*, möge man am Epos sich veranschaulichen, indem man die *allgemein gebräuchlichen Wörter in den Vers* setzt und auch wenn jemand bei der Glosse, der Metapher und den übrigen Arten die allgemein gebräuchlichen Wörter dafür eintauscht, würde er sehen, daß unsere Behauptung

wahr ist. So hat z.B. Euripides denselben jambischen (Trimeter) gedichtet wie *Aischylos* und nur durch das Einsetzen eines einzigen Wortes, nämlich einer Glosse statt eines allgemein gebräuchlichen, üblichen Wortes, bewirkt, daß sein Vers nun trefflich, der *des Aischylos* aber gewöhnlich erscheint. *Aischylos* dichtete nämlich im *Philoktet*:

Das Krebsgeschwür, das meines Fußes Fleisch frißt.

Jener (Euripides) setzte an Stelle von "frißt" den Ausdruck "schmaust."

Und ebenso (gewöhnlich würde es sein), wenn jemand in dem Verse

Nun de m'eón olígos te kai outidanós kai aeikés

(*Nun aber ist's so ein Zwerg, so ein nichtsnutz'ges, unschönes Männlein*)

die allgemein gebräuchlichen Wörter einsetzen würde:

Nyn de m'eón mikrós te kai asthenikós kai aeidés

(*Nun aber ist's so ein kleines und schwächliches häßliches Männlein*)

und ebenso statt

díphron t'aikélion katathéis oligén te trápezan

(*Niedersetzend den armsel'gen Stuhl und den winzigen Eßtisch*)

díphron mochtherón katatheís mikrán te trápezan

(*Niedersetzend den schlechten Stuhl und den kleinlichen Eßtisch*)

oder endlich, statt

Ēiones boóōsin (es brüllten die Ufer)
Ēiones krázousin (es schrien die Ufer).

6. So hat auch *Ariphrades* die Tragiker verspottet, weil sie Ausdrücke anwenden, deren sich niemand in der Umgangssprache bediene, z.B. domátōn apó (von den Häusern weg, [nicht apó domátōn] (weg von den Häusern) und séthen (= deines, statt su), egó de nin (= ich aber ihn statt autón), und Achilléōs peri (Achilles wegen) [nicht peri Achilléōs] (wegen Achilles) und was dergleichen (1459a) mehr sind. Denn gerade weil alle derartigen Wendungen nicht unter die allgemein gebräuchlichen fallen, verleihen sie dem sprachlichen Ausdruck den Charakter des nicht Alltäglichen. Das wußte aber jener (Spötter) nicht.

7. Ist es nun schon wichtig jede der erwähnten Ausdrucksarten in angemessener Weise zu verwenden, sowohl die Komposita wie die Glossen, so ist doch der metaphorische Ausdruck der bei weitem wichtigste, denn diesen allein kann man nicht von einem anderen lernen, ist dies doch gewissermaßen ein Zeichen von Genialität. Denn gute Metaphernerfinden heißt einen Spürsinn (scharfen Blick) für das Ähnliche (im Unähnlichen) haben.

8. Von den Wortarten selbst nun eignen sich *Komposita* am meisten für die *Dithyramben*, die *Glossen* für die *Heldengedichte*, die *Metaphern* für *jambische Trimeter* (der Tragödie). In Heldengedichten sind alle die genannten Arten anwendbar, in jambische Trimeter dagegen, da sie, soweit wie irgend möglich, den Gesprächston nachahmen, fügen sich nur diejenigen Wortarten, deren jemand auch in der prosaischen Rede sich bedienen würde, der Art sind aber das allgemein Gebräuchliche, die Metapher und die schmückende Bezeichnung.

Über die Tragödie, d.h. über die im Handeln sich vollziehende nachahmende Darstellung mag uns also das Gesagte genügen.

KAPITEL XXIII

1. Was nun die erzählende und in einem (einheitlichen) Versmaß verfaßte nachahmende Darstellung betrifft, so leuchtet es ein, daß diese Stoffe wie in den Tragödien dramatisch angelegt sein müssen, d.h. daß sie sich um eine *einheitliche, eine ganze und in sich abgeschlossene Handlung bewegen müssen*, die Anfang und Mitte und Ende hat, auf daß sie, wie ein einheitliches und vollständiges Lebewesen, die ihr eigentümliche Lustempfindung hervorrufe.

2. Auch ist es klar, daß *diese Kompositionen nicht den Geschichtsdarstellungen ähnlich sein dürfen*, die sich notwendigerweise nicht die Darlegung einer einheitlichen Handlung zum Ziel setzen, sondern die eines einzelnen Zeitabschnittes und alles, was etwa in diesem an einer Person oder an mehreren sich ereignet hat, von welchen Begebenheiten jede in einem beliebigen Verhältnis zu einer anderen steht. So fanden die Seeschlacht bei *Salamis* und die Schlacht der *Karthager* in Sizilien zwar gleichzeitig statt, ohne jedoch auf dasselbe Endziel hinzusteuern. Und so erfolgt auch zuweilen in eng aufeinanderfolgenden Zeitabschnitten das Eine auf das Andere, von denen keines auf ein und denselben Zweck abzielt, wenngleich die meisten (epischen) Dichter dementsprechend verfahren.

3. Deshalb, wie wir schon hervorhoben, dürfte auch darin *Homer* sich als ein gottbegnadeter *Dichter* im Vergleich zu den übrigen erweisen, daß er gar *nicht den Versuch gemacht hat, den ganzen* (Trojanischen) *Krieg*, wiewohl er einen (regelrechten) Anfang und ein (ebensolches) Ende hat, *darzustellen*. Denn gar zu groß und unübersichtlich dürfte der Stoff geworden sein oder, selbst wenn der Dichter sich in bezug auf den Umfang Grenzen auferlegt hätte, so würde der Stoff trotzdem durch seine bunte Fülle allzu verwickelt gewesen sein. Bei dieser Sachlage hat er nur einen Teilabschnitt abgesondert und viele der Begebenheiten in Episoden untergebracht, wie z.B. den Schiffskatalog und andere Episoden, mit denen er seine Dichtung schmückt.

4. Die übrigen (Epiker) dagegen behandelten, was sich in bezug auf eine einzelne Person oder einen einzelnen Zeitabschnitt abspielte oder, wenn schon auf eine einzige Handlung, so doch eine vielteilige, wie z.B. der Verfasser der *Kyprien* und der der *Kleinen Ilias*. Denn aus einer *Ilias* und *Odyssee* läßt sich nur je eine Tragödie entnehmen oder höchstens zwei, aus den *Kyprien* dagegen viele und aus der *Kleinen Ilias* acht, nämlich das Waffengericht, *Neoptolemos*, (1459b) [Eurypylos] *Philoktet*, Die Bettlerrhapsodie, [Die Lakonierinnen] die Zerstörung *Ilions*, die Abfahrt, *Sinon* und die *Troerinnen*.

KAPITEL XXIV

1. Weiterhin muß die *epische Dichtung dieselben Arten haben wie die Tragödie*, denn sie muß entweder einfach oder verflochten, charakterzeichnend (ethisch) oder leidvoll (pathetisch) sein, auch die Teile mit Ausnahme der musikalischen Komposition und der szenischen Ausstattung müssen die nämlichen sein, denn auch das Epos bedarf der Peripetien (Schicksalswendungen), der Erkennungen und der leidvollen Begebenheiten Endlich müssen die Gedanken und der sprachliche Ausdruck kunstgerecht sein.

2. All diesen Forderungen hat *Homer*, sowohl als erster wie in genügender Weise, Eechnung getragen. Denn er hat jedes seiner Gedichte dementsprechend angelegt, die *Ilias*einfach und leidvoll, die *Odyssee* verflochten —beruht sie doch ganz auf Erkennungen—und charakterschildernd. Dazu kommt, daß sie im sprachlichen Ausdruck und in der Gedankenbildung alle (anderen Epen) übertroffen haben.

3. Was nun die *Komposition* anbelangt, so unterscheidet sich die epische Dichtung (von der Tragödie) in betreff ihrer *Ausdehnung* und ihres *Versmaßes*. In bezug auf die *Ausdehnung* dürfte die bereits angegebene Begrenzung hinreichend sein, nämlich, daß man imstande sein müsse Anfang und Ende zu überblicken. Dies wäre der Fall, wenn einerseits die Kompositionea von geringerer Ausdehnung als die der alten (Epiker) wären, andrerseits dem Gesamtumfang der für eine einzelne (Tages-) Vorstellung angesetzten Tragödien gleichkämen.

4. Für die Ausdehnung des Umfangs kommt nun der epischen Dichtung ferner eine gewisse Eigentümlichkeit sehr zu statten, insofern es in der Tragödie (dem Dichter) nicht möglich ist, viele Teile, die sich gleichzeitig zugetragen haben, nachahmend darzustellen, sondern nur den Teil, der sich auf der Bühne und in Verbindung mit den Schauspielern abspielt. In der epischen Dichtung dagegen als einer erzählenden Darstellung kann man viele sich gleichzeitig vollziehende Teile vorführen, wodurch, falls sie innerlich zusammenhängen der Körper des Dichtwerks stattlicher wird, so daß dieser (vorteilhafte) Umstand seiner Prachtentfaltung dient, den Zuhörer in einen Stimmungswechsel versetzt und das Gedicht durch ungleichartige Episoden erweitert; ist es doch das nur zu rasch sättigende Einerlei, das den Mißerfolg von Tragödien zu verschulden pflegt.

5. Was aber das *Versmaß* anbelangt, so hat sich das heroische (der Hexameter) erfahrungsgemäß als das angemessene erwiesen. Denn wollte jemand in irgend einem anderen Versmaße eine erzählende Dichtung nachahmend darstellen oder gar in mehreren, so würde das unpassend erscheinen. Denn das heroische ist von allen Versmaßen das gemessenste und gewichtvollste, weshalb es auch vorzugsweise Glossen, Metaphern und Zusätze aller Art aufnimmt; sticht doch auch die erzählende nachahmende Darstellung (selbst) gerade darin von anderen dichterischen Darstellungen ab. Der jambische Trimeter und der trochäische Tetrameter haben einen beweglichen Charakter, und zwar eignet sich dieser zum Tanz, jener zum Handeln. Noch verkehrter (1460a) wäre es, wenn jemand allerhand Versmaße untereinander mischen würde, wie dies *Chairemon* getan. Deshalb hat auch noch niemand eine lange (epische) Komposition in einem anderen als dem heroischen Versmaß gedichtet, sondern die Natur selbst hat, wie wir sagten, das jener zusagende Versmaß zu wählen gelehrt.

6. *Homer*, wie er in vielen anderen Dingen lobenswert ist, ist es auch darin, daß er allein unter allen Dichtern nicht im Unklaren darüber ist, *was er selbst zu tun habe*. Der Dichter soll nämlich *so wenig wie möglich in eigner Person reden*, denn nicht nach dieser Richtung hin ist er ein nachahmender Darsteller. Die übrigen (epischen) Dichter dagegen treten durchgängig in eigener Person auf und stellen daher nur weniges und auch das nur gelegentlich nachahmend

dar. Jener aber (Homer) führt nach einer kurzen Einleitung sofort einen Mann oder ein Weib oder irgend eine andere Figur ein, und zwar nicht ohne Charaktereigenschaft, sondern mit einem (bestimmt ausgeprägten) Charakter.

7. In der Tragödie muß man das *Wunderbare* darstellen in der epischen Dichtung dagegen hat vielmehr das *Vernunftwidrige*, auf dem in der Hauptsache das Wunderbare beruht, seinen Platz, weil man (daselbst) nicht auf den Handelnden seine Blicke wendet; wie denn z.B. die Vorgänge bei der Verfolgung *Hektors* auf der Bühne dargestellt einen lächerlichen Eindruck machen würden, auf der einen Seite die stillstehenden und nicht verfolgenden Mannen, auf der anderen einer, der abwinkt. Im Epos dagegen bleibt das Widersinnige (eines solchen Vorgangs) verborgen, denn dasWunderbare erregt Wohlgefallen. Ein Beweis dafür ist, daß alle Erzähler übertreiben, in der Absicht damit zu erfreuen.

8. Im besonderen hat *Homer* auch die anderen (Epiker) belehrt, wie man (zweckmäßig) *Unwahres sagen könne*. Dies beruht aber auf einem *Trugschluß*. Die Menschen glauben nämlich, da, wenn ein erstes (A, die erste Praemisse) ist oder geschieht, auch ein zweites (B, die zweite Praemisse) eintritt, daß nun ebenso, falls das Spätere (B) wirklich ist, auch das Frühere (A) wirklich ist oder geschieht. Das ist aber ein Fehlschluß. Falls nämlich das erste (A) falsch ist, etwas anderes (B) aber—die Richtigkeit des ersten (A) vorausgesetzt— otwendigerweise wirklich ist oder geschieht, so muß man eben jenes zweite (B) hinzufügen. Denn weil man weiß, daß dieses (B) wahr ist, schließt unser Geist, daß nun auch das erste (A) wahr ist. Ein Beispiel ist folgendes aus der Badeszene ‹....›

9. Endlich muß man dem *unmöglichen Wahrscheinlichen vor dem möglichen Unglaubhaften den Vorzug geben*. Allerdings darf man nicht die Stoffe auf vernunftwidrige Einzelteile aufbauen, sie sollen wo möglich überhaupt nichts Vernunftwidriges enthalten, wenn aber dies nicht möglich, so möge es (wenigstens) außerhalb der (eigentlichen) Handlung Hegen, wie z.B. (das Vernunftwidrige) im *Oidipus*, seine Unkenntnis nämlich, auf welche Weise *Laios* ums Leben kam, aber nicht innerhalb des Dramas, wie z.B. in der Elektra die Berichterstattung über die pythischen Spiele oder in den *Mysern* der Mann, der stumm von Tegea bis Mysien wanderte. Zu sagen, daß sonst die Fabel in die Brüche gehen würde, wäre also lächerlich, man muß eben von vornherein keine derartigen Fabeln anlegen. Hat man es aber dennoch getan und erscheint das Stück im allgemeinen glaubwürdig, so mag man auch das etwa Vernunftwidrige mit in den Kauf nehmen. Würde doch die Unzuträglichkeit der Szenen in der *Odyssee*, die sich bei der Aussetzung(des schlafenden Odysseus) abspielen (1460b) sofort in die Augen fallen, wenn ein minderwertiger Dichter sie verfaßt hätte. Wie die Sache aber liegt, hat der Dichter durch andere Vorzüge das Vernunftwidrige versüßt und dadurch (dem Bewußtsein) entrückt.

10. Dem *sprachlichen Ausdruck* soll der Dichter seine *besondere Sorgfalt in den inhaltsleeren Teilen zuwenden*, d.h. solchen, die weder durch Charakterschilderung noch durch Gedanken sich auszeichnen. Andrerseits würde freilich ein allzu glänzender Stil sowohl die Charakterzeichnung wie den Gedankeninhalt verdunkeln.

KAPITEL XXV

1. Über die *Probleme* (kritische Bedenken) und deren *Lösungen* (Widerlegungen), auf wie vielen und wie beschaffenen Gesichtspunkten sie beruhen, wird man sich durch folgende Betrachtung ein klares Bild machen können. Da nämlich der Dichter ebenso wie der Maler oder irgend ein anderer bildschaffender Künstler ein nachahmender Darsteller ist, so muß er notwendigerweise stets eine bestimmte von *drei* möglichen Arten nachahmend darstellen, nämlich entweder (1) *wie die Dinge waren oder sind* oder (2) *wie man sagt, daß sie seien* oder *wie sie zu sein scheinen* oder (3) *wie sie sein sollen*. Diese Dinge werden nun dargestellt durch die allgemein gebräuchliche Ausdrucksweise oder auch durch Glossen und Metaphern oder was es sonst noch von Wandlungen des sprachlichen Ausdrucks gibt, denn diese (Freiheiten) gestatten wir ja den Dichtern.

2. Dazu kommt ferner, daß die *Richtigkeit in der Politik und der Dichtkunst* sowenig als in irgend einer anderen Kunst oder Wissenschaft und der Dichtkunst *ein und dasselbe bedeutet*. In der Dichtkunst selbst gibt es *zweierlei Fehler*, der eine betrifft ihr *Wesen*, der andere ist rein *äußerlich*.

3. Hat sich der Dichter zum Vorwurf genommen ‹etwas richtig› nachahmend darzustellen, ‹verfehlt aber sein Ziel› aus eigenem Unvermögen, so liegt der *Fehler in der Dichtkunst selbst*; wenn er dagegen den Vorwurf richtig gestellt, aber Unmögliches geschildert hat, wie z.B. ein Pferd, das mit beiden rechten Beinen zugleich ausschreitet, oder was sonst in jeglicher Kunst, wie der Medizin oder irgend einer anderen, welcher Art auch immer, ein Fehler sein würde, so betrifft dieser *nicht das Wesen* der Kunst. Man muß daher nach diesen Gesichtspunkten die tadelnden Einwürfe in den Problemen betrachten und lösen (widerlegen).

4. Erstens also was die *Lösungen* in bezug auf die gegen die Kunst als solche gerichteten Einwürfe betrifft Wenn *Unmögliches* dargestellt wurde, so liegt zwar ein Verstoß vor, aber die Sache hat doch ihre Richtigkeit, falls damit der Zweck der Dichtung erreicht wird; der Zweck nämlich ist, wie bereits erwähnt wenn der Dichter eine erschütterndere "Wirkung, sei es in dem betreffenden Teil oder in einem anderen, damit erzielt. Ein Beispiel bietet jene Verfolgung des *Hektor*. Wenn es aber möglich war, den Zweck, sei es in höherem oder geringerem Grade, auch entsprechend der in diesen Dingen herrschenden Kunstregel zu erreichen, so hat es mit dem Fehler nicht seine Richtigkeit, denn, wenn es irgendwie angeht, soll überhaupt keinerlei Fehler begangen werden.

5. Man kann ferner die Frage aufwerfen, *worin denn* der Fehler begangen ist, *ob gegen die Kunstregel* oder *irgend etwas anderes Zufälliges*; denn weit geringer ist das Versehen, wenn jemand z.B. nicht wußte, daß die Hindin keine Hörner hat, als wenn er sie ohne (eigentlich) nachahmend darzustellen gezeichnet hätte.

6. Wenn ferner getadelt wird, daß die Darstellung nicht wahr sei, müßte man den Einwand so entkräften: Aber *vielleicht wie sie sein sollte*, wie ja auch *Sophokles* gesagt hat, er stelle Menschen dar, wie sie sein sollen, *Euripides* aber, wie sie sind.

7. Läßt sich aber keins von beiden behaupten, so kann man sich darauf berufen, daß *man eben so sagt*, wie in den Erzählungen über die Götter. Vielleicht ist es aber weder besser sie so darzustellen, noch der Wahrheit entsprechend, sondern es verhält sich möglicherweise damit so, wie es bei *Xenophanes* lautet (1461a) ‹....›, dann (erwidere man), allein man sagt nun einmal so.

8. Anderes wiederum ist zwar *vielleicht nicht zweckmäßiger, aber es war tatsächlich einmal so*, wie z.B. das über die Waffen Gesagte: "*Aber die Lanzen | standen empor auf dem Fuße des Schaftes*, solchen Brauch nämlich befolgte man damals, wie auch heute noch die Illyrier.

9. In der Beurteilung der Frage, *ob das von jemand Gesagte oder Getane sittlich gut oder nicht ist*, muß man nicht nur die Handlung und die Eede selbst in Betracht ziehen und darauf achten, ob sie edel oder gemein ist, sondern auch den Handelnden oder Redenden ins Auge fassen (und untersuchen) im Verhältnis, zu wem oder wann oder zu wessen Gunsten oder zu welchem Zweck (es geschieht), z.B., ob eines größeren Gutes wegen, das erreicht, oder eines größeren Übels wegen, das verhütet werden soll.

10. Andere Einwände muß man durch Beobachtung des *sprachlichen Ausdrucks* beseitigen, z.B. durch Annahme einer *Glosse*. "*Die Mäuler zuerst*." Vielleicht meint nämlich (der Dichter) mit dem Worte *ouréas*, nicht "Maultier", sondern die "Wächter". Und von Dolon sagt er: "*Der von Gestalt (eidos) zwar häßlich*". Damit bezeichnet er nicht einen unebenmäßigen Körper, sondern ein häßliches Gesicht; gebrauchen doch die *Kreter* das Wort *eueides* (= schöngestaltet) im Sinne von *euprosópon* (= schön von Antlitz). Ferner, "*Mische reineren Wein*" (*zoróteron*), d.h. nicht ungemischten Wein, wie für Trunkenbolde sondern (mische) "schneller."

11. Ein anderes ist *metaphorisch* gesagt z.B.

"*Alle nunmehr, so Götter wie rossegerüstete Krieger*
Schliefen die ganze Nacht"

und doch heißt es unmittelbar darauf

"*Siehe, so oft er sein Aug' hinwandte zum troischen Felde.*
Der Syringen und Pfeifen Getön und der Menge."

Jenes, "*Alle*" wird an Stelle von "Viele" metaphorisch gesagt, denn ein "Alles" ist nur eine Art des "Vielen".

Auch jenes "*allein nicht teilnimmt*" ist metaphorisch zu verstehen, denn das "bekannteste" ist (hier) das "alleinige".

12. Ferner kann man auf Grund der *Prosodie* (Einwände widerlegen), wie *Hippias* der Thasier dies tat in jenem "*wir gewähren* (dídomen) *ihm aber*" und "*Das zum Teil durch den Regen verfault*".

13. Wieder anderes vermittelst der *Interpunktion*, wie z.B. *Empedokles* sagt:

"*Schnell erwuchs als sterblich, was früher unsterblich sich wußte,*
Und als gemischt, was lauter zuvor."

14. Anderes sodann durch die Annahme einer *Amphibolie* (Doppelsinn):

"*Von der Nacht entschwand der größere Teil*"

denn der Ausdruck "größere" (*pleíó*) ist doppelsinnig.

15. Andere *Bedenken* (lösen sich) mit Berufung auf den *Sprachgebrauch*: Ein Mischgetränk, sagt man, sei Wein.

Nach diesem Gesichtspunkt wurde gebildet:

"*Schiene von neubereitetem Zinne*",

nennt man doch die Eisenschmiede auch Kupferarbeiter.

Wiederum nach demselben Gesichtspunkt heißt es: Ganymed Ganymed
"*schenkt dem Zeus Wein ein*",

obwohl sie (die Götter) keinen Wein trinken. Doch könnte man dieses Beispiel auch als Metapher auffassen.

16. Man muß auch, wenn ein Wort etwas *Widersprechendes* zu bezeichnen scheint, untersuchen, wie vielfach es diesen Sinn an der (betreffenden) Stelle haben kann, wie z.B. in jenem "*Da hielt die eherne Lanze an*", wie vielfach es dort den Sinn "hemmen" annehmen kann.

17. Ob so oder wie jemand die Sache vorzugsweise (1461b) auffassen möchte, ist zu erwägen, im Gegensatz zu dem Verfahren, von dem *Glaukon* berichtet. Einige gehen von grundlosen Voraussetzungen aus und nach dem sie eigenmächtig ein richterliches Urteil gefällt haben, bauen sie Schlüsse darauf und tadeln dann den Dichter, falls sie auf etwas stoßen, das ihrer (vorgefaßten Meinung widerspricht, weil er nicht das gesagt hat, was in ihren Kram paßt. So erging es mit den Erörterungen über *Ikarios*. Man geht nämlich von der Voraussetzung aus, er sei ein *Lakone*. Es schien daher ungereimt, daß *Telemachos*, als er nach *Sparta* kam, mit ihm nicht zusammengetroffen sei. Es verhielt sich damit aber vielleicht so, wie die *Kephallenier* berichten. Sie erzählen, daß Odysseus sich bei ihnen seine Frau geholt habe und es sei *Ikadios* und nicht *Ikarios* (sein Schwiegervater). Demnach ist es wahrscheinlich, daß jenes Problem einem Mißverständnis entsprungen ist.

18. Im allgemeinen muß man das *Unmögliche* in der Dichtung entweder auf das *Zweckmäßigere* oder auf die *herrschende Meinung* zurückführen. Denn für die Dichtung ist das glaubhaft Unmögliche dem zwar Unglaubhaften, jedoch Möglichen vorzuziehen Mag es nun auch vielleicht unmöglich sein, daß es solche Personen gibt, wie sie z.B. *Zeuxis* zu malen pflegte, so ist es doch zweckmäßig (sie so darzustellen), denn dem Ideal gebührt der Vorrang.

19. *Das Vernunftwidrige muß man auf das, was die Leute sagen, zurückführen* und man kann es sowohl in dieser Weise rechtfertigen, wie auch damit, daß es zuweilen ja gar nicht vernunftwidrig sei, da es wahrscheinlich ist, daß etwas auch gegen die Wahrscheinlichkeit sich ereignet.

20. *Das in widerspruchsvoller Weise Gesagte soll man so prüfen, wie die Widerlegungen in der Dialektik*, ob es sich um dasNämliche oder ob es in derselben Beziehung oder derselben Art und Weise gilt, mithin auch der *Dichter* entweder gegen das, was er selbst sagt, oder gegen das, was ein vernünftiger Mensch voraussetzen würde, (sich in Widerspruch verwickeln darf).

21. Gerecht dagegen ist der Tadel, sowohl gegen Vernunftwidrigkeit wie Schlechtigkeit, wenn (der Dichter) ohne jeden äußeren Zwang sich des Vernunftwidrigen bedient, wie z.B. Euripides im Falle des *Aigeus*, oder der Charakterschlechtigkeit, wie im *Orestes* der des *Menelaos*.

22. Die Einwendungen ergeben sich demnach aus *fünf Arten*, denn entweder *tadelt* man etwas als *unmöglich* oder als *vernunftwidrig* oder als *sittenverderblich* oder als *widerspruchsvoll* oder als *einen Verstoß gegen die technische Kunstrichtigkeit*. Die *Lösungen* (Widerlegungen) aber sind nach den aufgezählten Unterabteilungen zu betrachten deren es *zwölf* gibt.

KAPITEL XXVI

1. Man könnte nun die Frage aufwerfen, *ob die epische nachahmende Darstellung oder die tragische die vorzüglichere sei*. Ist nämlich die minder plumpe die vorzüglichere, der Art ist aber die, welche auf ein besseres (gebildeteres) Publikum Bezug nimmt, so ist offenbar diejenige nachahmende Darstellung, die sich an Krethi und Plethi wendet, eine plumpe. In der Überzeugung nämlich, die Zuschauer würden kein Verständnis (für die Darstellung) zeigen, falls er (der Schauspieler) nicht seinerseits etwas dazu beiträgt, so bewegen sich diese in starken Verrenkungen; es wälzen sich z.B. die stümperhaften Flötisten, wenn es gilt den Diskuswurf nachahmend darzustellen und zerren den Chorführer (am Gewände), wenn sie die *Skylla* blasen.

2. Die Tragödie ist nun der Art, wie auch die älteren Schauspieler ihre Nachfolger beurteilten, denn *Mynniskos* nannte den *Kallipides*, weil er gar zu sehr übertrieb, einen*Kallias* und in einem ähnlichen (üblen) Rufe stand auch *Pindaros*. Wie sich nun (1462a) jene (älteren Schauspieler) zu diesen verhalten, so verhalte sich die ganze (tragische) Kunst zur epischen Dichtkunst. Diese, so behauptet man, wende sich an hochstehende Zuschauer, die keiner (tänzelnden) Bewegungen bedürfen, die tragische dagegen an niedrige. Wenn sie demnach eine plumpe Kunst ist, so sei sie offenbar auch die tiefer stehende.

3. Allein *erstens* ist das eine Anklage *gar nicht gegen die Dichtkunst, sondern gegen die Vortragskunst*, denn es kann auch der Rhapsode durch Bewegungen übertreiben, wie dies *Sosistratos* getan und (ebenso) bei den musischen Wettkämpfen, wie dies *Mnasitheos* der Opuntier getan. Sodann ist keineswegs jede Körperbewegung zu verwerfen, da ja auch der Tanz nicht verworfen wird, sondern nur die Bewegung von Stümpern, wie ja auch *Kallipides* getadelt wurde und heutzutage andere, weil sie freie Frauen nachahmend darzustellen nicht verständen.

4. Ferner erreicht die Tragödie auch ohne (schauspielerische Bewegung *ihren Zweck, genau so wie die epische Dichtung*, denn schon durch die bloße Lektüre zeigt sie, von welcher Art sie ist. Wenn sie also im übrigen wenigstens (dem Epos) überlegen ist, braucht ihr jedenfalls jener Tadel nicht notwendig anzuhaften.

5. Sodann (2) (ist sie überlegen) *weil sie alles besitzt was die epische Dichtung hat*, denn auch dasselbe Metrum kann sie anwenden und darüber hinaus hat sie einen nicht unbedeutenden Teil an der musikalischen Aufführung und den szenischen Ausstattungen durch welche die Lustempfindungen überaus lebendig verwirklicht werden. Sodann übt sie diese lebendige Wirkung auch aus sowohl bei der Lektüre wie bei den (tatsächlichen) Aufführungen.

6. Ferner (3) *erreicht die Tragödie das Ziel* (1462b) *der* nachahmenden Darstellung *innerhalb eines kleineren Umfangs*; denn was gedrängter ist, ist angenehmer, als was mit viel Zeitaufwand (wie mit Wasser) vermischt ist. Ich denke dabei an folgendes: Wenn jemand den *Oidipus* des *Sophokles* in so viel Verse setzen würde wie die *Ilias* hat ‹....›.

7. Endlich (4) ist die *epische Dichtung eine weniger einheitliche* nachahmende Darstellung. Beweis dafür ist, daß aus jeder beliebigen nachahmenden Darstellung sich mehrere Tragödien bilden lassen, sodaß, selbst wenn sie (die Epiker) eine einheitliche Fabel schaffen sollten, diese, entweder abgehackt, falls kurz dargestellt oder, falls sie mit der Ausdehnung der (epischen) Versgattung gleichen Schritt hält, wässerig erscheinen würde. Ich meine damit, wenn es (das Epos) z.B. aus mehreren Handlungen sich zusammensetzt wie die *Ilias* viele derartige Teile hat und die *Odyssee*, Teile, die auch für sich schon eine (genügende) Ausdehnung besitzen. Und doch hat er (Homer) diese Gedichte in der denkbar trefflichsten Weise gebaut und es ist seine nachahmende Darstellung, soweit dies nur irgend möglich, die einer einheitlichen Handlung.

8. Wenn demnach sie (die Tragödie) in all diesen (Vorzügen) *überlegen* ist und überdies indem *Ziel* der Kunst—denn diese (Dichtarten) sollen nicht jede beliebige Lustempfindung erzeugen, sondern nur die bereits erwähnte—so leuchtet ein, *daß sie vortrefflicher als die epische Dichtung ist*, indem sie ihren Endzweck vollständiger erreicht.

9. Über die Tragödie also und das Epos sowohl an sich wie über ihre Arten und Bestandteile, wie viele deren sind und wie sie sich unterscheiden, welches die Ursachen ihres Erfolges oder Mißerfolges sind, und über die Probleme und deren Lösungen mag derartiges gesagt sein....